누가 용사를 죽였는가
예언의 장
다켄
일러스트 toi8

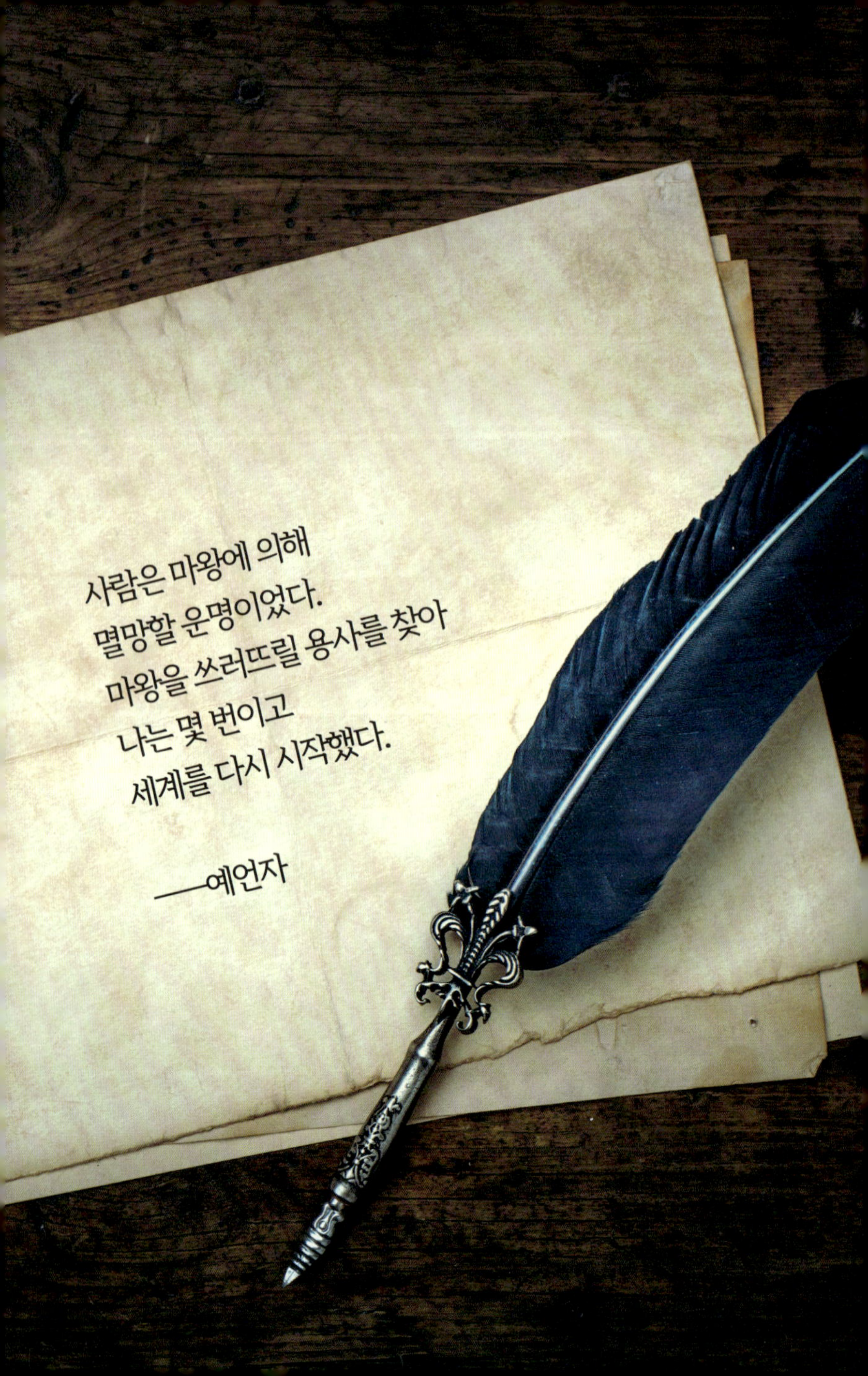
사람은 마왕에 의해
멸망할 운명이었다.
마왕을 쓰러뜨릴 용사를 찾아
나는 몇 번이고
세계를 다시 시작했다.
—예언자

누가 용사를 죽였는가

예언의 장

다켄

일러스트 toi8

일러스트 — toi8

Who killed the brave.

CONTENTS

인류는 마왕에 의해 멸망할 운명이었다.

실제로 나는 그 모습을 여러 차례 보아 왔다. 다양한 형태로.

나는 마왕과 적대하는 신의 권속이자 그 무녀로서, 어떠한 능력을 받게 되었다.

——세계편찬——.

내가 죽을 때마다 세상은 특정 시간까지 자동으로 되돌아갔다.

죽음의 원인이 제거될 때까지 그것은 반복되었다.

즉, 마왕을 타도할 때까지.

마왕을 쓰러뜨리는 것은 용사의 몫이지만, 그 용사를 이끄는 것은 예언자라고 알려져 있다.

그리고 예언자는 내가 만들어내는 환영일 뿐이다.

용사가 누구인지는 아무도 모른다.

마왕을 쓰러뜨려 줄 용사를 찾아 나는 몇 번이나 세계를 다시 시작했다.

그 남자를 알게 된 것은 몇 번째 세계편찬 때였을까.

처음에는 그때 내가 이끌던 '용사'가 어떤 기사에게서 들은 이야기 속에서 그 이름이 언급되었던 것 같다.

"정말 형편없는 놈이었어요, 그 레너드라는 모험가는."

'용사'에게 그렇게 말한 사람은 알칸도라고 하는 큰 도시를 지키고 있는 초로의 기사였다.

모험가라는 것은 의뢰를 받으면 무엇이든 해 주는 사람들을 일컫는 말이다. 농사의 일손 돕기부터 마물 퇴치까지, 그에 상응하는 돈을 내면 무슨 일이든 맡는다.

물론 강력한 마물을 퇴치할 수 있는 모험가는 극소수였기 때문에 대부분은 일자리를 구하지 못한 자들이었다. 솔직히 말해서 썩 바람직한 직업이라고 말하기는 어렵다.

게다가 마물과 싸울 정도로 용감한 모험가들은 마리카국에서 마왕군과의 싸움에 참가해 대부분 전사하고 말았다.

레너드는 마리카국 전투에서 살아남은 몇 안 되는 모험가라고 했다. 그의 동료들 역시 생존자들로만 구성되어 있어 어려운 의뢰를 해낼 수 있는 몇 안 되는 모험가 파티로서 명성이 자자하다고.

"그 녀석들은 알칸도에 돈을 노리고 찾아왔습니다. 그때 도시는 마왕군의 표적이 되어 있었죠. 저희들 기사나 병사, 그리고 고용된 모험가들까지 더해 어떻게든 막아내고 있었습니다. 다 같이 힘을 합쳐서요. 거기에 나타난 게 레너드 일행이었습니다.

그들은 다른 모험가들의 10배 보수를 조건으로 도시를 습격한 마인을 처리하겠다며 호언장담을 했습니다. 돈을 내지 않으면 싸우지 않고 돌아가겠다고 반쯤 협박조로 말이죠. 알칸도가 위기에 처해 있다는 것을 알고 있으니 그런 오만한 행동을 할 수 있었던 겁니다. 심지어 무보수로 도시를 위해 싸워주는 모험가들도 있었는데 말이죠. 마인은 우리 인간의 공통된 적입니다. 모두 힘을 합쳐 싸워야 합니다. 안 그렇습니까?"

'용사'는 깊이 고개를 끄덕였다.

"하지만 레너드 일행은 마리카 전투에서 살아남은 몇 안 되는 모험가들입니다. 실력 하나는 확실했죠. 그리고 도시를 노리던 마인은 강적이었고요. 결국 영주님은 그의 요구를 받아들여 알칸도를 공격하던 마인을 쓰러뜨려달라는 의뢰를 했습니다. 실낱같은 희망에 기대를 건 거죠. 결과만 말하자면 레너드는 의뢰를 완수했습니다. 훌륭하게 마인을 물리쳤죠. 다만……."

기사는 피곤한 얼굴로 고개를 저었다.

"레너드가 취한 작전은, 도시를, 저희들을 미끼로 삼는 거였습니다. 저희가 도시를 지키기 위해 필사적으로 싸우고 있는 사이에, 도시 밖에서 숨을 죽인 채 계속 마인을 쓰러뜨릴 기회를 엿보고 있었던 겁니다. 도시가 무너지기 직전, 마왕군이 지쳐서 틈이 생기는 그때를 말이죠.

확실히 작전 자체만 보면 나쁘지 않았습니다. 하지만 그것 때문에 얼마나 많은 기사와 병사와 모험가들이 죽었는지 아십니까? 무려 절반 이상이 희생되었습니다. 제 아들도 거기서 전사했습니다. 그에 비해 레너드와 그의 동료들은 아무도 죽지 않았더군요. 물론 희생하라는 소리를 하고 싶은 건 아니지만, 큰 부상조차 입지 않았습니다. 레너드 일행이 좀 더 일찍 마인에게 도전했더라면, 도시를 지키고 있던 자들 중에서도 사망자는 더 줄어들었을 겁니다. 어쩌면 제 아들도 살아 있었을지도 모르죠. 저는 그 일에 대해 레너드에게 따져 물었습니다. 그러자 녀석은 '우리들의 일은 마인을 처치하는 거다. 도시를 구하는 게 아니라'라고 딱

잘라 말하더군요."

기사의 시선이 허공을 맴돌았다. 마치 있었을지도 모르는 미래라도 보는 것처럼.

"알고 있습니다. 이건 괜한 화풀이나 다름없다는 것을요. 그렇지만 납득할 수가 없습니다. 레너드 일행은 도시가 슬픔에 잠겨 있는 동안 보상을 받고는 곧바로 그곳을 떠났습니다. 마치 더는 이곳에 있을 필요가 없다는 듯이 말이죠. 죽은 인간들의 가족에게 연민을 보이지도, 도시 재건에 돈을 대지도 않았습니다. 무정한 자였습니다. 분명 레너드는 실력 있는 모험가였어요. 하지만 그런 인간은 용사의 동료로 삼지 않는 편이 낫습니다. 용사의 이름에 흠집이 날 겁니다."

"그렇군요. 그럴지도 모르겠네요."

'용사'는 슬픈 표정을 지어 보였다. 레너드라는 남자에게 실망한 것처럼.

보상을 원한다면 용사만큼 손해 보는 장사는 없다. 마왕을 쓰러뜨리고 나라로 돌아가면 왕이 될 수도 있긴 하다. 하지만 그것은 꿈같은 이야기였다.

용사의 여행은 수수하고 괴롭고 험난하다. 좋은 일이라곤 거의 없다. 마인을 쓰러뜨린다 해도, 다음 마인이 나타날 뿐이다. 고난을 이겨낸다 해더라도 다음 고난이 기다리고 있을 뿐이다.

누가 칭찬해 주는 것도, 보상을 주는 것도 아니다.

용사에게는 고결함이 필요했다. 물론 용사가 반드시 인격자여야 한다는 뜻은 아니지만, 그렇지 않고서는 정신적으로 버틸 수 없기 때문이었다.

아마도 레너드라는 모험가는 사람으로서는 옳은 자였다. 일에 대해 정당한 보수를 요구한다. 남의 사정 따위는 아랑곳하지 않고 자신의 이익만을 주장한다. 그것은 어떻게 보면 살아가기 위해 필요한 것일지도 모른다.

그러나 그렇게 해서는 용사가 될 수 없었다. 그래서 나는 레너드를 용사 후보에서 제외하고 한동안 그 존재를 잊고 있었다.

※ ※ ※

다음으로 레너드의 이야기를 들은 것은 다른 '용사' 때였다.

"레너드라는 남자가 있거든요. 마리카국이 멸망했을 때 그 전투에서 살아남은 모험가 중 한 명인데, 지금으로서는 몇 안 되는 실력을 가진 모험가로도 유명하죠."

그렇게 말한 것은 엘데리아라는 도시의 유력한 상인이었다.

"실력가라면 꼭 동료로 삼고 싶은데……."

'용사'는 레너드에게 관심을 보였다. 마왕과 싸우는 것이니 강한 동료는 많으면 많을수록 좋았다.

"아니, 그만두는 게 좋을 겁니다. 정말 탐욕스러운 사내였거든요. 무슨 일만 있으면 돈을 요구했습니다. 그때 저는 마왕군에게 점령당한 나라에서 탈출하지 못해 곤란한 상황에 처해 있었습니다만, 그때 나타난 것이 바로 레너드 일행이었습니다. 마물들을 쓰러뜨리고 길을 열어준 것까지는 괜찮았는데, 보수로 무려 금화

400개를 요구하더군요."

"금화 400개라니!"

'용사'는 그 액수에 놀랐다. 그의 수중에 있는 돈은 금화 수십 개 정도가 고작이었다. 그렇다 해도 몇 년 치 여행 경비로는 충분했다. 400개나 되면 귀족도 쉽게 마련할 수 있는 액수는 아니다.

"네, 명백히 부당한 요구였습니다. 아마도 달리 저희를 구출해 줄 수 있는 모험가가 없었기 때문에 그런 금액을 요구한 거였겠죠. 터무니없는 액수에 저도 어떻게 다 내야 하나 골머리를 앓아야 했습니다."

상인은 쓴웃음을 지어 보였다.

"심지어 그게 다가 아닙니다. 저는 주민들이 다 도망치고 남겨진 마을에 숨어 있었는데, 거기서 도망치지 못한 소년 한 명을 만났습니다. 마침 제 딸과 비슷한 나이에다 부모까지 잃어버린 불쌍한 아이였죠. 그래서 '같이 여기서 나가자'라고 말했습니다. 아이 하나는 큰 수고도 아니라고 생각했거든요. 그런데 그 레너드라는 남자는 그 아이 몫의 돈까지 요구해 오는 게 아니겠습니까. 그 액수만 무려 금화 50개였습니다! 정말 말도 안 되는 사내였지요."

"아이 한 명에 금화 50개라……."

'용사'는 씁쓸한 표정을 지었다. 돈으로 움직이는 사람은 믿을 수 없었다. 마왕군의 핵심이 되는 마인들은 본능대로 행동하는 마물들과는 다르기 때문이다. 인간을 넘어서는 힘과 마력과 지혜를 갖고 있었다. 필요하다면 돈을 사용해 인간을 유혹하는 수단을 쓰는 것도 가능했다.

그렇기 때문에 용사와 그 동료들에게는 강한 의지가 필요했다. 무슨 일이 있어도 마왕을 물리치겠다는 강한 의지가. 단순히 힘만 강하다고 해결되는 문제가 아니다.

"맞아요, 용사님. 분명 레너드는 실력 있는 남자입니다. 하지만 신념이 없어요. 상인인 제 입으로 말하는 것도 그렇지만, 그는 신념이 아닌 돈으로만 움직입니다. 아무리 봐도 용사님의 동료가 될 만한 자는 아닙니다. 아쉽지만요."

이야기는 거기서 끝이었다.

그 '용사'는 동료를 찾고 있었지만, 이 시점에서 레너드는 선택지에서 제외되고 말았다.

'용사'는 동료를 찾아 다른 지역으로 떠났다.

나도 예언자로서 그 동료의 후보가 될 만한 인물을 몇 명 제안했고, 그는 그중에서 동료를 모았지만, 결국 이 '용사'도 도중에 쓰러지고 말았다.

※ ※ ※

몇 번이고 되돌아가는 시간 속에서, 레너드에 대한 안 좋은 소문은 계속해서 들려왔다.

"레너드라는 모험가가 마물을 퇴치한 보상으로 가스탄이라는 마을에서 농작물을 빼앗아 갔다고 하더라고요."

그런 이야기를 들은 것은 또 다른 '용사'를 이끌고 있을 때였다.

대화를 나눈 것은 그 나라의 병사 중 한 명으로, '용사'를 칭송하기 위한 목적으로 레너드의 이야기를 꺼낸 것이었다.

"가끔 있거든요, 부탁하지도 않았는데 멋대로 마물을 퇴치하는 모험가가. 그런 뒤에 고액의 보수를 요구해 오니까 더 악질입니다. 마물은 인간의 적입니다. 퇴치하는 건 당연한 거죠. 대가를 요구하는 쪽이 잘못된 일입니다. 물론 저희도 요청을 받으면 마물을 퇴치하긴 하지만, 쉽게 손이 미치지 않는 곳도 있습니다. 레너드 같은 자들에게 기회를 제공하는 것은 어떻게 보면 저희들의 태만일 수도 있겠죠."

그 병사는 미안한 얼굴로 고개를 숙였다.

"하지만 용사님은 레너드와는 다릅니다. 어려움에 처한 사람들을 위해 마물을 쓰러뜨려 주는 존재입니다. 그것도 저희가 감히 손댈 수도 없는 강력한 마물을요. 그 뜻이야말로 가장 존경받아 마땅합니다."

"농작물을 빼앗아 갔다는 건 무슨 말입니까?"

'용사'가 물었다.

"저도 자세히는 모릅니다만, 가스탄은 곡창지대에 있는 마을이라 전선에 있는 병사들에게 식량의 원천이 되는 곡물을 공급하고 있다고 합니다. 그런데 그 곡물을 수송하는 마차가 마물들에 의해 여러 차례 습격을 당했다는 것 같더라고요. 아마도 마왕군이 의도적으로 방해한 거겠죠. 보급로를 차단하는 일은 전쟁에서는 자주 있는 일이니까요. 다만, 자주 있는 일이기 때문에 대처하기도 그만큼 어렵습니다. 보급로가 길기 때문에 언제 어디에서 습격이 올지 예측할 수가 없으니까요. 매번 습격에 대처할 수 있을 정도의 병력을 호위로 붙일 수도 없는 노릇이라, 마을도 나라도 아무런 대처를 하지 못하는 상황이었습니다. 그 난처한 상황에 눈독을 들인 것이 바로 레너드라는 남자였던 거죠. 촌장님이 모험가들에게 의뢰를 내긴 했는데, 그는 그 보수의 10배의 금액을 요구했다더군요."

"10배?!"

이 '용사'도 한때 모험가로 활동했던 적이 있었기 때문인지 그 터무니없는 요구에 놀란 얼굴을 했다.

보수 10배라는 이야기는 알칸도의 기사도 말했던 내용이었다. 레너드는 과도한 보수를 요구하는 경향이 있는 듯했다.

"터무니없는 요구였죠. 촌장은 '도저히 그 돈은 낼 수 없다'라고 거절하려 한 것 같은데, 레너드는 반강제로 의뢰를 받아갔다고 합니다. 그리고 훌륭하게 습격을 지휘하던 마인을 처치했고요. 하는 짓이 악질적인 사내이긴 하지만, 실력 하나만은 확실했습니다."

그 병사는 입꼬리를 일그러뜨렸다.

"그런데 문제는 그 후에 일어났습니다. 레너드가 그때 운반하고 있던 곡물을 가로채서는 어디론가 가져가 버린 거죠. 알고 보니, 어떤 상인에게 비싼 값에 팔았다고 하더군요. 시대가 시대인 만큼 곡물은 당연히 비싸게 팔리겠지만, 마왕군과 싸우고 있는 병사들의 식량으로 써야 하는 걸 본인이 차지해 버리다니…… 정말 끔찍한 이야기입니다."

그렇게 말한 병사는 고개를 저으며 깊은 한숨을 내쉬었다.

'용사'도 미간에 깊은 주름을 지은 채 불쾌감을 드러냈다.

같은 모험가로서 용서할 수 없는 모양이었다.

나도 레너드에 관한 이야기는 여러 차례 들었지만, 품위 없는 짓만 일삼는 남자라 매번 실망하는 일의 연속이었다.

※ ※ ※

"레너드란 놈이 죽었다더군."

세계편찬을 수십 번 반복한 이후, 내가 이끌던 '용사'가 방문한 술집에서 그런 소문이 돌고 있었다.

'용사' 본인은 흥미가 없어 보였지만, 나는 귀를 기울였다.

"들어보니까, 돈을 목적으로 위험한 의뢰를 떠맡은 끝에 마왕령까지 발을 들였다가 마인에게 당했다는 것 같아. 돈의 망자에게 어울리는 말로 아닌가."

그렇게 말하며 술에 취한 자가 레너드를 비웃었다.

함께 있던 다른 손님들도 레너드의 질 나쁜 소문을 이미 알고 있었는지 하나같이 떠들썩하게 웃으며 그의 죽음을 술안주로 삼고 있었다.

레너드를 애도하는 사람은 단 한 명도 없었다.

나 역시, 그와 어울리는 최후를 맞이했다고 생각했다.

다만 그렇게나 실력이 좋다고 알려져 있고, 실제로도 여러 마인을 쓰러뜨려 온 남자가 그런 식으로 죽었다는 사실이 이상하게 느껴졌다.

레너드는 어떤 남자일까?

조금 흥미가 가긴 했지만, 어쨌든 용사로서 적합한 인간이라고는 생각되지 않았다.

누가 용사를 죽였는가

예언의 장

이때 내가 이끌던 '용사'는 카마인이라는 이름의 청년으로, 기사의 아들이었다. 성장한 카마인은 마왕군과의 싸움에서 명성을 얻으며 많은 마인을 쓰러뜨리게 된다는 사실을 나는 알고 있었다. 검성 레온 정도의 검 실력은 아니지만, 밝고 사교적인 성격이라 누구와도 잘 친해지고 동료를 만드는 데에도 능숙했다.

왜 그를 선택했는가 하면, 지금까지 『세계편찬』을 반복하면서 용사에게는 힘뿐만 아니라 성격적인 부분도 중요하다는 생각을 하게 되었기 때문이다.

유력한 용사 후보였던 검성 레온, 성녀 마리아, 대현자 솔론은 나무랄 데 없는 힘을 갖고 있었지만, 하나같이 성격에 문제가 있어 실패하고 말았다.

레온은 고결한 사내였지만 사고가 경직된 부분이 있어 유연함이 부족했다. 정면으로 하는 전투에서는 강했지만 우회적인 공격에는 약해서, 마지막 순간에는 인간에게 배신당해 죽고 말았다.

마리아는 얼핏 보기에 청렴한 성격을 지닌 것처럼 보였지만, 그 내면은 공허했다. 사람과의 관계는 늘 형식적이었고, 실제로도 타인에게 전혀 기대하지 않았으며 신뢰하지도 않았다. 그 때문에 동료들과 깊은 신뢰 관계를 구축하지 못했고, 그것이 사인이 되었다. ……아니, 처음부터 의욕이 있었는지조차 의심스럽다.

솔론은 사회성이 결여되어 있어 처음부터 사람들과 어울리는 것에 서툴렀다. 다만 레온이나 마리아에 비하면 상식은 있는 편이었고 무엇보다 지략이 뛰어났다. 그는 처음부터 동료를 거의 만들지 않고 혼자만의 힘으로 마왕에게 도달하는 데 성공했다. 하지만 단신으로는 마왕을 이길 수 있을 리 만무했고, 압도적인 힘의 차이에 굴복하며 죽어갔다.

――힘만으로는 안 돼. 용사에게는 정신력도 필요하다――.

나는 그것을 깨달았다. 그렇기 때문에 카마인에게 기대를 걸었다. 그는 기사의 아들로 자라난 덕분에 긍지도 높고 건강한 정신을 갖고 있었다. 그렇다고 해서 신분이 너무 높지도 않았고, 사교성과 협조성이 뛰어난 젊은이였다.

내가 용사로 그를 지명했을 때는 가슴을 펴고 당당히 그 운명을 받아들였고, 주위도 그것을 축복했다. 하지만――.

지금, 내 눈앞에서, 카마인은 쓰러졌다.

왕도에서 다른 도시로 향하던 중 마인의 습격을 받은 것이다.

본래 카마인은 이런 곳에서 죽을 운명이 아니었다.

다른 『세계편찬』에서는 훌륭한 기사가 되어 마왕군과 싸우고 있었으니까.

『내 탓이구나…….』

카마인의 시체를 앞에 두고 망연자실하여 중얼거렸다.

틀림없이 내가 용사로 지명한 일 때문이겠지.

드문 일은 아니었다. 마인들도 바보가 아니다. 용사가 된 인간은 그 이름이 널리 알려지면 알려질수록 표적이 되기 십상이었다. 왕국 내라면 그나마 안전하지만, 마왕령과 가까운 나라가 되면 상당히 위험하다. 나도 용사가 된 자들에게 경고를 건네기는 하지만, 그렇다고 해서 몸을 완전히 숨기고 있을 수는 없었다.

어차피 용사가 된 몸이다. 자신의 몸을 드러내고, 마물들과 싸워나가는 것은 숙명이었다.

용사로서의 힘이 부족했다—— 그렇게 말해 버리면 간단할지도 모른다.

언제나 그렇듯, 오갈 데 없는 슬픔으로 가슴이 가득 찼다.

이번 『세계편찬』은 아직 6년밖에 되지 않았다.

곧바로 다시 시작해야 하나 말아야 하나 망설임이 들었다.

——지쳤다——.

또다시 허사로 끝나고 말았다. 다시 시작할 기력은 이미 오래전에 바닥났다. 해야 하니까, 타성에 따라 다시 시작하는 것에 불과했다.

평생토록 이 윤회에서 벗어나지 못하는 것은 아닐까, 그런 절망적인 생각에 사로잡혀 있었다.

카마인과의 싸움에서 적지 않은 상처를 입은 마인은 아직도 가까운 곳에 있었다.

붉은색 피부에 우람한 거구. 머리에는 두 개의 뿔. 신체의 움직임을 방해하지 않을 정도의 갑옷을 걸치고 거대한 검을 가지고 있었다.

그 마인은 신의 기적이라고 알려진 회복 마법으로 상처를 치유하고 있었다. 마인들 중에는 신의 기적을 사용하는 자들도 있었다. 신은 모든 이들에게 있어 평등한 존재이기 때문이었다. 인간이든 마인이든 가호를 받을 수 있었다. 사람을 권속으로 두는 것은 우리나라에서 비밀리에 모시고 있는 신뿐이며, 그 사실은 거의 알려져 있지도 않고 알려져서도 안 되었다.

마물들이 신봉하는 사신의 진정한 목적이 바로 그 신이었으니까.

나에게 몇 번이고 세계를 다시 시작하게 만들고 있는 잔혹한 여신이었으니까.

내가 『세계편찬』을 행하는 것── 자살하는 것을 주저하고, 그러는 사이 마인이 신의 기적을 행사하고 있는 기묘한 시간이 흘러갔다.

물론 모습이 드러나지 않는 예언자의 존재를 마인이 알아차릴 리는 없겠지만, 예언자의 환영도 인간의 그림자에 숨어들지 않으면 이 자리에서 움직일 수 없었다.

그림자는 인간에게만 쓸 수 있는 능력이지 마인에게는 쓸 수 없었으니까.

잠시 시간이 흐르고, 회복한 마인이 몸을 일으키려던 순간, 누군가가 다가오는 소리가 들렸다.

"너무 늦었나?"

그 목소리는 긴장감도 없고 경박했다.

나타난 사내의 나이는 서른 정도일까. 무심하게 자른 듯한 금발에 키는 보통 정도였지만, 가벼운 갑옷 사이로 엿보이는 몸은 잘 단련되어 근육이 도드라져 있었다.

오른손에 적당히 쥐고 있는 칼은 마력을 띠고 있었고, 백은의 빛을 발하고 있었다.

그 검이 없었다면 불량한 산적 정도로만 보였겠지만, 풍기는 분위기로 미루어 봤을 때 노련한 전사임은 확실했다.

남자의 뒤에서 세 명의 사람이 모습을 드러냈다.

창을 든 남자 전사와 지팡이를 든 여자 마법사, 그리고 무기로도 쓸 수 있을 것 같은 로드를 든 여자 성직자. 아마도 모험가 파티인 것 같았다.

『누구냐?』

마인이 경계를 보이며 자신의 무기인 대검을 칼집에서 뽑았다.

"나는 레너드다. 뭐, 딱히 기억할 필요는 없어. 어차피 곧 네 머리는 몸통과 작별할 거니까. 머리를 써봤자 헛수고라는 거지."

『감히 인간 따위가 우릴 이길 수 있을 거라 생각하나?』

"돈을 위해서라면 힘낼 수 있어. 그거 아나? 네 목에는 상당한 상금이 걸려 있거든. 몇 명의 용사 후보를 죽여줬으니 말야. 그나저나, 발밑에 나뒹굴고 있는 저건 누구지? 예언자에게 용사로 지명됐다고 하는 불쌍한 녀석인가?"

『……그래. 용사는 죽였다. 더는 인간에게 승산은 없다.』

마인이 붉은 눈을 번뜩이며 레너드 일행을 위협했다.

"바보 같은 소리 마라. 용사가 너 같은 놈에게 죽을 리가 없잖아. 그건 가짜다. 넌 속은 거라고. 그 증거로, 지금부터 넌 인생에서 두 번째 정도로 비참한 일을 겪게 될 거다. 참고로 첫 번째

는 이곳에 태어났다는 거고."

레너드는 마인을 조롱하듯 어깨를 으쓱했다.

아니다. 카마인은 분명 내가 용사로 지명한 이였다. 결코 가짜가 아니다.

"하지만 고맙다는 말은 해두지. 이걸로 또 네 상금이 올라갔으니까. 오늘은 운이 좋은 날이군. 너와 저 애송이에게는 운이 없었던 것 같지만. 저승에서 '이런 날도 있지' 하면서 둘이 같이 얼싸안고 위로라도 나누라고. 충분히 눈물 나는 이야기야. 분명 신께서도 동정해 주실 거다."

『허튼소리!』

레너드의 경박한 말투에 분노가 치민 것인지 마인이 대검을 휘둘렀다.

하지만 마치 그것을 예상하고 있었다는 듯 레너드는 재빨리 앞으로 나아가 마인과의 거리를 순식간에 좁히더니 검을 쳐냈다.

——빠르다. 이렇게까지 빠르게 움직일 수 있는 전사는 그리 많지 않았다.

그는 순식간에 마인의 옆을 스쳐지나갔다. 마인의 옆구리가 깊이 찢어져 있었다.

고통스러운 표정을 지은 마인이 뒤를 돌아보려 했지만, 그 순간 다시 공격이 날아왔다.

상대의 움직임을 예측한 레너드의 칼끝이 마인의 목구멍을 깊숙이 꿰뚫은 것이다.

"어쩔 수 없어, 오늘은 운이 없는 날이니까."

날카롭게 웃은 레너드가 바로 옆으로 검을 뽑아내자 목에서 피가 솟구쳤고, 마인이 천천히 땅에 쓰러졌다. 엄청난 생명력을 자랑하는 마인도 숨을 거둔 듯했다.

"여전히 마인의 성질을 건드리는 거 하나는 잘하는군. 그 재능만큼은 네가 세계 제일일 거다."

창을 등에 멘 전사가 가볍게 웃었다. 키가 크고 머리는 회색. 그 표정은 어딘가 나른해 보였다.

"뭐가 됐든 세계 최고는 다 좋은 거야, 에프세이. 덕분에 마인을 사냥할 수 있었고, 돈을 벌 수도 있었으니까."

에프세이라고 불린 전사의 비아냥거림에도 레너드는 주눅 드는 기색조차 없었다.

"이쪽 아이는 역시 늦은 것 같네."

안경을 쓴 여자 마도사가 딱딱한 목소리로 말했다. 보랏빛이 감도는 긴 검은 머리가 눈길을 끌었다.

어느새 빨간 머리를 가진 여자 성직자가 카마인의 시신 앞에서 신께 기도를 올리고 있는 중이었다.

"……그런가."

레너드는 카마인의 시신에 다가가 그 주머니를 뒤졌다.

"레너드, 죽은 자의 소지품을 빼앗는 짓은 그만두세요."

비통한 표정을 지은 빨간 머리의 성직자가 그를 다그쳤다.

"지금부터 이 녀석의 무덤을 파줄 거니까, 그 수고비 정도는 받아가도 되지 않겠어, 니나?"

그러면서 레너드는 시신에서 동전이 든 가죽 주머니를 꺼냈다.

차마 눈 뜨고 보기 어려운 행위였다. 저게 사람이 할 수 있는 일인가 싶었다.

"레너드, 신은 항상 저희의 행동을 지켜보고 계신다고요."

"지켜보고 있겠지."

니나라는 성직자의 충고에 레너드는 빈정거림을 담아 미소 지었다.

"하지만 그게 다야. 아무것도 하지 않아. 마왕군에게 천벌을 내리지도 않고, 인간을 구하려고도 하지 않지. 고마워서 눈물이 다 나는 신이군."

"레너드……."

믿음 한 조각 찾아볼 수 없는 레너드를 앞에 두고, 니나가 꾹 눌러 참는 얼굴로 고개를 숙였다.

"신이 보고 있든 아니든, 어느 쪽이라 해도 칭찬받을 일은 아니야, 네 행동은."

니나를 거들듯 여자 마법사가 끼어들었다.

"무슨 소리야, 소피아. 이대로 같이 땅에 묻는다 해도 아무도 득을 보지 않잖아? 벌레도 금화는 안 먹는다고. 게다가 돈은 저승에 가져갈 수도 없고 말야. 산 인간을 위해서 사용하는 게 맞지."

아무래도 레너드는 소문대로 돈에 집착하는 사내 같았다.

동료들에게 충고를 받았음에도 그 행동을 고치려고도 하지 않았다.

소피아라고 불린 마법사가 체념한 얼굴로 긴 한숨을 내쉬었다.

"음? 좋은 걸 갖고 있네?"

이어서 레너드의 눈길이 카마인이 차고 있던 단검으로 향했다.

그것은 카마인의 집안 대대로 전해지는 가보로, 아버지에게 물려받은 것이었다. 단검으로서는 드물게 마법의 가호까지 걸려 있었다.

레너드는 아무런 망설임 없이 그 단검을 칼집째로 빼버렸다.

"레너드! 부탁이에요, 그건 분명 이 전사의 소중한 물건일 거예요. 함께 매장해 주세요. 그게 아니라면 유족에게 넘겨줘야 해요."

니나가 에메랄드색 눈을 촉촉하게 적신 채 간청했다.

"니나, 이 녀석은 마인을 쓰러뜨리고 싶어 했어. 용사 같은 게 되어서라도 말야. 그럼 내가 이걸 써서 마인을 쓰러뜨려 주는 게 이 녀석을 위해서라도 더 나은 일이라는 거지. 내가 이 녀석의 유지를 이어받는 거라고. 나쁜 이야기는 아니잖아?"

레너드는 급조한 듯한 변명을 태연히 내뱉었다.

"……그 말이 정말인가요?"

"당연히 정말이지."

레너드가 어깨를 으쓱했다. 실로 작위적인 제스처였다.

"……알겠어요."

어두운 표정을 지으면서도 빨간 머리의 성직자는 레너드의 변명을 받아들인 것 같았다. 포기가 너무 빠르다. 익숙한 것인지, 윤리관이 마비된 것인지. 역시 이 남자의 동료답다면 동료답다고 해야 할까.

이후 레너드와 에프세이가 구덩이를 파고 카마인의 간이 무덤을 만들었고, 거기서 니나가 다시 한번 기도를 올렸다. 그녀의 기도는 훌륭했다. 마치 노래처럼 맑고 선명하게 울려 퍼져 듣는 이의 마음에 스며들었다. 아마도 성직자로서 상당한 실력을 지니고 있는 것처럼 보였다.

그리고 의외로 레너드도 눈을 감고 제대로 기도를 올리고 있었다.

방금 전까지만 해도 신을 믿지 않는 듯한 말을 했음에도 말이다.

문득, 나는 이 남자에게 흥미가 생겼다.

지금까지 선택한 용사 후보 중에는 없었던 성격을 가진 인간이다. 게다가 이번『세계편찬』에서 남은 시간은 아직도 길다. 실패는 약속된 것이나 다름없었지만, 나에게 다시 시작할 기운은 남아 있지 않았다. 그렇다면 이 남자를 용사로 지명하고 그 말로를 지켜보는 것도 좋지 않을까 하는 생각이 들었다.

멀지 않은 미래에 이 남자가 죽는다는 사실은 알고 있다. 어차피 형편없는 최후를 맞이할 것이 틀림없다. 다시 시작하는 것은 그 후에 해도 나쁘지 않을 것이다, 분명.

누가 용사를 죽였는가

예언의 장

나는 예언자의 환영을 레너드의 그림자로 삼아 그 행동을 관찰하기 시작했다.

카마인을 매장한 뒤 레너드 일행은 알칸도라는 도시로 향했다.

그곳은 혼잡한 도시였다. 원래는 그렇게 큰 도시는 아니었던 것 같은데, 마왕군과 각국 연합군과의 전선과 가까워서 물자의 중계 지점으로서 번성하게 된 곳이었다.

그 사실을 지식으로는 알고 있었지만, 실제로 방문한 적은 거의 없었다. 환영으로서 머무른 것도 처음 있는 일이었다.

어쨌든 사람들로 가득 차 있고 활기가 넘쳤다.

전쟁터에서 돌아와 이 땅에서 휴식을 취하는 기사나 병사. 전쟁에 참가해 돈을 벌기 위해 온 용병이나 모험가. 마왕군에게 침략당한 나라에서 도망쳐 온 유랑민들.

급격히 인구가 늘어나는 바람에 영주의 통치가 제대로 이루어지지 않아 치안은 상당히 좋지 않았다.

혼돈── 그런 말이 딱 어울렸다.

"시끌벅적하긴 하지만 별로 좋은 도시는 아니네, 여긴."

거리의 대로에서 레너드는 우렁찬 목소리로 그렇게 말했다.

"유랑민들이 밀려들어오고 있어서 치안도 완전 형편없어. 도시가 엉망진창이군. 그렇게 생각하지 않나, 에프세이?"

"자리가 없는 거겠지. 이 도시도 급격히 성장한 거나 다름없어. 모든 것이 다 부족할 거다."

쾌활한 목소리로 말하는 레너드에 반해 에프세이의 목소리는 무미건조했다. 이 도시 상황을 보고도 아무런 감정도 느끼지 않는 것 같았다.

"이거 봐, 길가에서 노숙하고 있잖아. 정말로 민폐가 따로 없군."

레너드가 가리킨 끝에는, 누가 봐도 다른 나라에서 피난해 온 것으로 보이는 가족이 한 장의 커다란 천조각에 함께 몸을 두르고 꼼짝도 하지 않고 있었다.

그 가족 중 작은 아이가 도움을 청하는 듯한 눈빛으로 레너드 일행을 바라보았지만, 레너드는 콧방귀를 뀌며 그 시선을 무시했다.

"지금은 어딜 가나 이런 상태예요. 대부분의 나라가 전쟁에 힘을 쏟고 있어 이런 백성들은 그대로 방치되고 있죠. 슬픈 일이지만요."

레너드의 조금 뒤에서 걷고 있던 니나가 유랑민들에게 연민의 눈길을 보내고 있었다.

"힘도 없고 돈도 없는 녀석들은 이렇게 될 수밖에 없어. 마리카 전투 때부터 변하지 않은 일이야. 쓸데없는 동정은 하지 마라, 니나? 어중간한 도움은 아무 소용 없으니까. 사막에 물을 뿌리는 거랑 똑같아. 돈을 무의미하게 쓸 필요는 없다고."

레너드가 니나를 제지하듯 말했다.

"무의미하지 않아요. 눈앞의 사람들을 구하면 제 마음이 구원

받으니까요."

레너드를 보고 있던 어린아이에게 다가간 니나가 은화 한 개를 그 손에 슬쩍 쥐어 주었다.

"다른 사람에게는 들키지 않게 해 주세요."

단숨에 밝아지는 아이를 향해 니나는 말했다. 다른 유랑민들이 몰려오는 것을 걱정한 것이다. 그녀는 이런 상황에 익숙해 보였다.

그것을 지켜본 레너드가 혀를 찼다.

"네가 하는 일은 단순한 자기만족이야. 아무런 해결책도 되지 않고, 눈앞의 인간들만 도와주는 건 위선에 지나지 않는다고."

레너드는 동료들이 도움을 주는 모습도 보기 힘든 모양이었다. 힘들게 번 돈을 쓰는 것에 아까워하는 것처럼 보였다. 그리고 다른 유랑민들이 다가오지 못하도록 주위를 향해 위협적인 눈빛을 보낸다. 이 얼마나 구두쇠 같은 사내인지.

"이 녀석들의 목숨은 금화 한 개의 값어치도 안 될 정도로 저렴해. 충분히 이득인 가격이지만 왕도, 귀족도, 상인도, 아무도 사려고 하지 않지. 그만한 가치가 없다고 생각하기 때문이야. 사는 건 쉽지만 손만 많이 가니까. 잠깐만 눈을 떼도 어이없이 죽어버려. 알칸도의 영주도 분명 감당이 안 될걸. 지금은 어떻게 이 녀석들을 도시 밖으로 내던질까 고민하고 있을 게 분명해."

끔찍한 레너드의 말에, 나는 기도를 멈추고 의식을 내 몸으로 되돌렸다.

어쩌면 레너드가 하는 말은 맞는 말일지도 모른다. 유랑민들은 본래 내가 구해야 하는 사람들이다.

하지만 그런 소리를, 아무 책임도 없는 한 모험가에게 듣고 싶지는 않았다. 네놈이 대체 내 고통을 얼마나 이해한다고.

나는 의자에 깊숙이 앉아 눈을 내리깔았다.

※ ※ ※

보이는 곳이 온통 사람들로 가득했다. 우리는 그것을 헤쳐나가며 목적한 장소로 향하고 있었다.

알칸도는 본래 그렇게 큰 도시는 아니었지만, 마왕군이 쳐들어오기 시작한 이후로 전선에 물자를 대주는 중계 지점으로 번성하게 되었다.

누군가가 불행해지면 그만큼 누군가는 행복해진다. 흔히 있는 이야기다.

그리고 인간과 달리 우수한 마인들은 중요 거점이 된 알칸도를 제대로 겨냥했다. 이곳을 치면 확실하게 전세가 유리해질 테니까.

인간에게 있어서 천만다행인 점이라면, 이 도시의 영주가 나름대로 올바른 인물이라는 점과 번 돈으로 모험가를 고용해 도시를 지키고 있었다는 점이었다. 덕분에 첫 번째 습격은 막을 수 있었다. 고용한 모험가들 중에서는 상당한 희생이 있었던 것 같지만. 그런 사정으로 새로운 모험가를 모집하고 있었다. 보수는 좋았다. 아마도 지난 전투에서 모험가가 다수 죽어버린 바람에 예정보다 돈을 덜 쓰고 끝났기 때문이리라. 이를 감안해 절반 가량 죽는 것을 전제로 성공 보수를 제시한 셈이었다. 마왕군을 물리칠 수 있다면 더 많은 돈을 내어줄 것이다.

이것은 기회였다.

"마인은 우리가 처치해 주지. 그러니까 보수는 10배로 올려줘."

도착한 곳에서 의뢰인을 만나자마자 나는 그렇게 전했다. 다만 의뢰인이 영주 본인이었기 때문에 직접 아랫사람을 만나지는 않았다. 그 대신 내가 마주한 이는 영주 휘하에 있는 기사였다.

장소는 위병들의 초소인 건물에 마련된 방. 의자와 책상만 놓여 있는 꾸밈없는 간소한 방으로, 모험가들 상대는 이런 곳으로도 충분하다고 말하는 것 같았다.

"10배는 너무 많아. 그리고 다른 모험가들과 차별할 수는 없다."

기사는 흰 머리가 희끗희끗 보이는, 세상사에 노련해 보이는 초로의 남자였다.

"10배 이상 일하니까 당연한 거 아닌가? 우리는 그 마리카의 치열한 전투에서 살아남은 역전의 강자라고. 어중간한 모험가들과 똑같은 취급을 하는 건 곤란해. 우린 딱히 돌아가도 상관없어. 만약 다시 습격을 받았을 때도 버틸 수 있다면 말이지."

"마리카 전투의 생존자? ……들은 적이 있다. 실력은 뛰어나지만 말도 안 되는 보수를 요구하는 모험가들이 있다는 이야기를 말이지. 그게 사실이었군. 그때는 의용병으로 싸웠으면서, 지금은 돈 때문에 싸우는 건가?"

기사가 눈살을 찌푸렸다.

그 말에 니나는 고통스러운 듯한 표정을 지었고, 소피아는 짜

증 섞인 눈빛으로 기사를 노려보았다. 에프세이는 관심이 없는지 창밖을 바라보고 있었다.

"거기서 우리는 평생 할 자선 활동을 다 끝내버렸거든. 없는 양심까지 다 끌어다 써버렸어. 남은 인생은 돈을 위해 쓴다 해도 신께서도 용서해 줄 거다."

나는 가격 협상에 응할 마음이 없다는 사실을 분명히 전했다.

"하지만 우리의 실력을 알고 있다면 이야기는 빠르겠지. 지금까지 우리가 의뢰에 실패했던 적은 단 한 번도 없어. 단 한 번도, 말이지. 우리에게 맡기면 마왕군을 지휘하고 있는 마인과는 작별할 수 있다. 너희들도 안심하고 밤에 잠을 잘 수 있다는 거지. 그게 필요했던 거 아닌가? 그런 안도감, 편안한 숙면 말야. 평화로운 시기에는 이 가치를 모르기 십상이지만, 이런 것들은 인생에서 가장 중요한 것들이지. 중요한 거지만 돈을 아무리 내도 쉽게 살 수 있는 게 아니야."

실제로도 안도감이라는 것은 중요하다. 게다가 손에 넣었다고 생각해도 완전히는 손에 넣을 수 없는 성가신 것이기도 했다. 인간은 불안을 발견하는 것에 있어서는 천재적인 생물이니까.

"여기서 기회를 놓치면 다음은 없을지도 모르고?"

나는 오른손 검지로 내 목을 일자로 그었다.

기사는 고민스러운 표정을 지었다. 지금의 전력만으로는 막을 자신이 없다는 의미이기도 했다.

"영주님께 판단을 요청하지."

미간에 깊은 주름을 새긴 기사는 그렇게 대답했다.

"우리는 내일 밤이면 이 도시를 떠날 거다. 그 전에 만약 마물들이 덮쳐오면 제일 먼저 도망칠 거고. 공짜로 싸움에 말려들고 싶지는 않으니까."

나는 그렇게 말하고는 자리에서 일어섰다. 동료들도 뒤를 따랐다. 니나는 미안한 얼굴로 가볍게 고개를 숙여 보였고, 소피아는 기세등등한 표정을 짓고 있었다. 에프세이는 여느 때와 같은 무표정이었다.

반응은 충분히 있었다. 이제 술이라도 한잔 마시고 눈을 뜨면 기다렸던 답장이 와 있을 것이다.

※ ※ ※

결국 다음 날까지 답장을 기다릴 필요도 없었다. 그날 밤 '10배의 보수를 주겠다'는 연락이 왔기 때문이다.

"이야기는 끝났어. 마왕군을 지휘하고 있는 마인을 쓰러뜨린다."

평소와 같이 술집 테이블에 둘러앉아, 나는 동료들에게 그렇게 말했다.

"이쪽도 정보를 입수했어. 습격해 온 마왕군은 꽤 수가 많은 모양이야. 이전 습격에서는 무리하지 않고 후퇴한 것 같아. 그래서 아직 적에게는 충분한 여력이 있어. 레너드, 너 진짜로 할 수 있을 거라 생각해?"

소피아는 나를 비웃는 듯한 표정을 짓고 있었다. 그녀는 귀족 출신이라 다소 거만한 구석이 있었다. 그러나 그런 태도와는 달리 전쟁에 참여하는 것에는 우려를 표했다. 집단의 힘이 중요한 전쟁은 모험가에게는 그다지 적합하지 않다.

"해야지. 돈은 충분히 받는다. 그리고 목숨을 걸고 싸운다. 그게 모험가라는 거잖아?"

"돈이 전부인 게 아니에요. 그 의뢰를 받을 만한 가치가 있는지 없는지가 가장 중요한 거죠."

니나는 돈에 무게를 두지 않았다. 의뢰에 완수할 만한 가치가 있는지 없는지로 판단한다. 성직자답다면 성직자다웠다.

"그럴 가치도 있지 않아?"

"네, 있죠. 이 도시에는 많은 사람들이 있으니까요. 그 사람들을 구하기 위해 싸워야 한다고 생각해요. 결코 돈 때문이 아니라……."

니나는 의뢰를 받는 것 자체에는 불만이 없어 보였지만, 보수를 너무 과하게 요구한 것에 죄책감을 느끼고 있는 것 같았다.

에프세이는 언제나처럼 "맡기지"라는 한마디만 하고 끝이었다.

이해심이 있는 녀석이라 다행이다.

"뭐, 그렇게 어려운 이야기도 아니야. 적의 입장에 서서 생각해 보면 돼. 지난번의 습격은 실패로 끝났지만 가능성은 충분히 봤어. 한 번만 더 공격하면 이 도시를 완전히 함락시킬 수 있을 거라 생각하고 있겠지. 그런 경우라면 리스크가 있는 기습이나 복잡한 작전은 취하지 않을 거야. 정정당당하게 정면으로 들이닥치겠지. 적의 우두머리는 맨 뒤에서 거만하게 앉아 있을 거고. 그게 전쟁이라는 거니까. 그러니 우리는 그 뒤를 쳐서 대장을 노린다.

딱히 모든 마물을 상대할 필요도 없어. 간단하지?"

"그게 그렇게 쉬운 일이었으면 아무도 전쟁에서 고생하지 않았겠지."

소피아가 농담조로 그렇게 말했다.

"그걸 쉬운 일로 만드는 게 뛰어난 모험가라는 거지."

나는 내 팔을 가볍게 두드렸다.

"뭐, 그렇게 긴장할 필요는 없어. 위험해질 것 같으면 도망치면 그만이야. 마음 편하게 가자고, 마음 편하게."

그 뒤로 구체적인 작전을 세우고, 동료들과의 이야기는 끝났다.

이제 술을 마시고 자는 것만 남았다. 그런데 그런 내 앞에 기묘한 손님이 찾아왔다.

"뭐야, 이 숙소 방에는 망령 서비스라도 딸려 있는 건가?"

숙소 방으로 돌아온 나를 맞이한 것은, 세월이 느껴지는 낡은 로브에 몸을 감싸고, 후드를 깊게 뒤집어쓴 무언가였다. 아마 사람은 아닐 것이다. 마치 연기처럼 윤곽이 뚜렷하지 않았기 때문이다.

망령이나 정령 같은 거겠지. 어쨌든 제대로 된 생명체는 아니었다.

나는 반사적으로 검을 뽑아 들었다. 내 무기는 거금을 털어 장만한 마법의 힘이 깃든 검이었다. 실체가 없는 상대에게도 어느 정도의 효력을 발휘한다.

그런데——.

『나는 예언자다.』

그 목소리는 남자인지 여자인지 알 수 없었다. 젊은지 늙은지조차 알 수 없었다.

후드 안쪽에 감춰진 얼굴은 심연의 어둠에 잠겨있었다.

"예언자? 용사를 선택한다고 하는 그거 말인가?"

『그렇다.』

예언자에 대해서는 익히 들어 알고 있었다. 마왕을 타도할 용사를 찾아낸다는 전설상의 인물이다.

거짓인지 진짜인지는 알 수 없다. 실제로도 '예언자에게 선택받았다'라고 주장하며 으스대는 자들이 여기저기 널려 있다.

며칠 전 마인에게 살해당한 카마인이라는 젊은이도 예언자에게 선택받았다고 들었다.

물론 마인도 바보가 아니었기에 그런 용사로 보이는 자들을 죽이고 다녔다.

하지만 누가 용사인지 아닌지 따위는 나와는 전혀 상관없는 일이었다. 관심도 없었다.

"그래서, 그 예언자님이 나한테 무슨 볼일이시지?"

『모험가 레너드, 널 용사로 인정한다.』

예언자를 자칭하는 무언가가 엄중한 목소리로 말했다.

"그런 일은 하고 싶지 않아. 민폐야."

조금의 망설임 없이 그렇게 대답한 나는 뒤쪽에 있는 방문을 엄지손가락으로 가리켰다.

"나가는 문은 저쪽이다. 좀 더 성실하게 용사를 찾아보는 게 어때? 너무 오래 살아서 좀 특이한 짓이라도 해 보고 싶어졌나? 난 정신 나간 놀이에는 어울려줄 마음이 없어. 참고로 추천하는 용사는 검성 레온이다. 들은 바로는 고지식한 귀족 아들에다 검 실력도 확실하다더군. 틀림없이 기꺼이 맡아줄 거다."

『왜 넌 거절하는 거지?』

"보수가 없으니까. 난 모험가다. 공짜로 일하는 건 사양이야."

나는 검을 쥔 채 어깨를 으쓱해 보였다.

『……마왕을 쓰러뜨리면 왕의 지위가 보장된다. 보수는 그 정도면 충분할 텐데.』

그 말에는 어딘가 망설임이 느껴졌다.

"누가 왕이 되고 싶다고 했어? 내가 세상에서 제일 싫어하는 직업이 왕이야. 잘난 척하면서 정작 자신은 아무것도 하지 않는 놈이지. 게다가 좋아하지도 않는 공주님과 결혼하고 싶지도 않아. 어차피 거만하고 제멋대로인 여자겠지. 누가 좋아서 그런 여자를 고르겠어?"

내가 그렇게 말하자 예언자에게서 험악한 기운이 감돌았다. 뭐야?

『하지만 마왕을 쓰러뜨리지 않으면 세계는 끝난다. 너는 그래도 괜찮은가?』

"그딴 건 내가 알 바 아냐. 왕이나 귀족 같은 대단하신 양반들이 생각할 일이지. 나 같은 말단 모험가 따위가 고민할 일이 아니라고."

『레너드, 이대로 가면 세계는 끝난다. 그러나 너에게는 세계를

바꿀 힘이 있다. 남을 위해 싸우라는 것이 아니다. 너 자신을 위해 마왕을 쓰러뜨려라.』

"나를 위해? 나를 위해서라고?"

피가 거꾸로 솟는 기분이 들었다.

"그건 쓰레기 같은 녀석들이 뱉는 말이지, 예언자. 자기 자신을 위하라고 하면서 자기 편할 대로 사람을 휘두르려는 쓰레기들의 대사라고. 당장 사라져. 두 번 다시 내 앞에 나타나지 마."

내 분노를 느낀 것인지 예언자는 연기처럼 사라졌다.

훌륭하군. 본인 상황이 불리해지면 자취를 감춘다. 인생에 있어서는 가장 필요한 기술 중 하나였다.

※ ※ ※

알칸도 지역에서는 열흘 정도 머물렀다. 우리들의 이름은 10배의 보수를 요구한 탐욕스러운 모험가로 소문이 난 탓에 그렇게 지내기 편한 분위기는 아니었다.

"너 때문에 우리까지 나쁜 놈 취급을 받고 있잖아."

소피아가 나한테 불평했다. 그러나 시비를 걸어오는 질 나쁜 사내들에게 가차없이 마법을 날려 더욱 평판을 떨어뜨린 것은 이 녀석이었다.

니나는 틈이 날 때마다 유랑민들을 돌봐주었다. 나한테 들키면 한소리 들을까 걱정했는지 본인은 나름대로 몰래 하고 있다고 생각한 모양이다. 하지만 헌신적으로 일하는 니나를 성녀라며 칭송하는 녀석들이 있어서 이미 다 들켰다.

에프세이는 나와 훈련할 때를 제외하면 대부분 술을 마시면서 시간을 때웠다. 술집에서 몇 번 시비가 붙었던 것 같은데, 모두 말없이 반격했다고 한다. 마리카 전투에서 살아남은 유일한 전사다. 어설픈 자들은 열 명이 때로 달려들어도 상대가 되지 않는다.

――그리고, 기다리고 있던 무리가 찾아왔다――.

"마왕군이다!"

영주가 돈을 쏟아부어 세운 망루 중 한 곳에서 그런 목소리가 울려 퍼졌다.

우리도 외벽에 올라가 마왕군의 모습을 확인했다.

"백이나 이백 정도가 아니군. 천은 족히 넘어. 여기저기서 마물을 다 긁어모은 모양이네. 통일감이 없어."

마법으로 시력을 강화한 소피아가 신속하게 적의 전력을 가늠했다. 이런 실력 하나는 역시 대단하다. 평소에 그렇게 콧대가 높은 것도 이해가 갔다.

마왕군에 통일감이 없다는 것은 다행인 일이었다. 훈련이 잘된 마물들이 조직적으로 움직인다면 틈을 노릴 여지가 없기 때문이다.

"마인을 찾아. 여러 명일 수도 있으니까 샅샅이 찾아봐."

우두머리를 노리는 전술은 여러 번 쓸 수 없었다.

상대가 '자신들이 공격하고 있는 쪽이다'라고 생각하고 있을 때에만 유효한 방법이었다. 경계를 당하는 순간 끝이다. 지휘하고 있는 마인은 한 번에 모두 쓰러뜨려야 했다.

"찾아주세요, 겠지."

그렇게 말하면서도 소피아는 마왕군에게서 시선을 떼지 않았다.

"부디 찾아주시죠, 아가씨."

나는 정중하게 다시 한번 말해 주었다. 사실상 아가씨라 불릴 만한 나이는 아니지만.

"……마인의 모습은 한 명뿐이야. 거만하게 뒤에서 여유를 부리고 있네. 초록색 몸을 갖고 있어서 알기 쉬워. 끝부터 끝까지 다 살펴봤는데 다른 녀석은 없어. 마인이 있으면 거기만 더 긴장감 있는 행군을 하니까 알아보기 쉽거든. 틀림없어."

"마왕군의 인재 부족에 감사해야겠군."

내가 아는 한 지금까지 여러 마인이 동시에 행동하는 것을 본 적은 거의 없었다.

예외라고 하면 마리카국에서 봤던 대규모 마왕군 정도일까. 그때는 강한 마인들이 우글거렸다. 녀석들에게 있어서도 그 싸움이 그 정도로 중요했다는 뜻이었겠지.

마리카 전투에서는 인간 측에 많은 희생이 있었지만, 마인들에게도 비슷한 희생이 있었을 것이다. 덕분에 마왕군에게 있어 마인은 귀중한 전력이 되었을 것이고.

이 도시 하나를 함락시키는 데 그렇게 귀중한 마인은 몇 명이나 쓸 수는 없다는 뜻일까.

"그럼 준비했던 대로 갈까? 반대편 문을 통해 주민들이 대피할 거다. 우리들은 그때를 틈타 뒤에서 마인을 치자."

전투가 시작되기 전에 주민들을 대피시키는 것은 영주가 결정한 일이다. 딱히 드문 일도 아니다. 싸우지 못하는 주민은 있어봤자 아무 소용이 없기 때문이었다. 피난시키지 않는 녀석이 더 이상한 거겠지만, 그런 이상한 짓을 벌이는 영주도 적지는 않았다.

우리들은 주민들의 물결을 틈타 자연스럽게 도시에서 멀어졌다.

주민들 사이에 섞여 문밖으로 나가는 우리들에게 비난 어린 시선을 보내는 무리들도 있었지만, 일일이 신경 쓰고 있을 겨를은 없었다.

"감시하는 눈은 없나?"

소피아에게 말을 걸었다.

"없어. 근처에서는 마물이나 마력의 기운은 느껴지지 않아. 움직여도 문제는 없을 거야."

방심하지 않고 마법으로 적의 감시와 기척을 살피고 있던 소피아가 곧바로 답을 들려주었다.

우리는 주민들의 집단에서 조용히 멀어졌다. 그 움직임을 불안하게 보는 주민들도 있었다. 만일의 일이 생겼을 때 자신들을 지켜줄지도 모른다고 기대한 모양이었다.

타인에게 의존해 살아가려고 하는 녀석들은 좋아하지 않는다. 나는 그런 주민들을 가볍게 노려보면서 마왕군의 후방으로 돌아가기 위해 이동을 개시했다.

마왕군이 진군하던 곳은 평원이라고 하면 평원이었지만, 키가 큰 풀숲도 있어 몸을 숨기며 행동하는 데에는 어려움이 없었다.

남은 것은 녀석들이 공격하는 타이밍을 기다릴 뿐이었다. 그 순간이 가장 무방비할 테니까.

물론 마인도 바보는 아니다. 최소한의 마물은 주변에 남겨둘 것이다.

그 수가 되도록이면 적기를 바랄 뿐이었다.

마지막은 신께 맡긴다. 늘 그래왔듯이.

※ ※ ※

그 마인은 승리를 확신하고 있었다. 앞선 습격에서도 인간들에게 상당한 손해를 입히는 것에 성공했다. 이번에도 같은 수의 마물을 모아왔다. 더는 인간들에게 막을 방법은 없을 것이다.

알칸도라는 인간들의 도시가 보이자 마인은 소리를 질렀다. 그것은 자신들이 사용하는 언어가 아니라, 마물들의 투쟁심을 자극하기 위한 포효. 즉 공격 명령이었다.

마물들이 달리기 시작했다. 자신들의 거친 성미를 거스르고 순종적으로 행군하며 억눌려 있던 답답함을 해소하기라도 하듯이. 마물들도 마인들과 같은 신의 권속이었다. 지능은 낮지만 적대하는 신의 권속인 인간을 본능적으로 싫어했다.

마인이 이끌고 있는 마물은 주로 고블린인 경우가 많았다. 인간 아이 정도의 크기로, 최약체라 불리는 마물이었다. 힘은 없지만 집단전에서는 나름대로 쓸모가 있다. 수를 맞출 목적으로는 충분했다.

마인은 자신의 주위에 있던 열 마리의 마물들에게 눈길을 돌렸다.

홉고블린. 이들의 외모는 고블린과 유사하지만 인간 남성을 능가하는 뛰어난 체격을 자랑한다. 지능도 나름대로 높고 무기를 다루는 데에도 능숙해 단독으로 싸워도 웬만한 인간 전사보다 강하다.

홉고블린들도 마인의 목소리를 듣고 몸을 움찔거리며 움직이려 했지만, 곧바로 자제하고 그 자리에 머물렀다. 그 모습을 본 마인은 흡족해했다. 인간이라도 지혜가 있는 자들이라면 마인을 노려오기 때문이었다. 그에 대비하기 위해 홉고블린들을 자신의 호위로 두고 있는 것이었다.

이것으로 만에 하나라도 자신이 패배할 가능성은 사라졌다.

마인이야말로 신에게 선택받은 존재였다. 인간에게 뒤처지는 일이 있어서는 안 된다.

마인은 홉고블린들을 데리고 천천히 도시 쪽으로 접근했다. 전투는 이미 시작되었고, 인간도 필사적으로 저항하고는 있지만 수적 우위는 이쪽에 있었다. 그들이 막을 수 있을 리가 없다.

힘을 자랑하는 오거들이 온몸에 화살을 맞으면서도 문을 부수려 하고 있었다.

오거는 뿔이 나 있는 인간형 마물로 홉고블린보다 한층 더 몸집이 크다. 사람을 잡아먹기 때문에 인간들이 특히 꺼리는 존재였다.

끝이 가까워졌다. 정신을 차리고 보니 홉고블린을 제외한 마물들은 모두 도시로 진입하고 있었다. 하지만 문제는 없었다. 인간들에게 더는 반격할 방법 따위는 남아 있지 않을 테니까.

'음?'

거기서 마인은 마력이 상승하는 것을 느꼈다. 이 감각은 마법의 표적이 되었을 때 느껴지는 것이었다.

『그림자에서 태어난 어둠이여, 내 몸을 지켜라.』

간이 주문을 외워 결계를 치고 대비했다. 인간의 경우 마법을 사용할 수 있을지 없을지는 개인차에 달려 있지만, 마인들은 거의 예외 없이 사용할 수 있었다.

간섭할 틈도 없이 엄청난 폭음이 울려 퍼졌고, 마인이 친 결계에 강한 마력이 충돌했다. 아무래도 폭발 계열 마법을 날린 모양이었다. 완전히 다 막지는 못해 두 마리의 홉고블린이 쓰러져 있었다.

'역시 마법사인가. 매복병이 있었나?'

마법은 만능이 아니다. 마력의 상승을 느낀 방향을 통해 술자의 위치는 어느 정도 파악할 수 있다. 마법사가 있는 곳은 도시와는 정반대 방향이었다.

'내 주위에 있는 마물들이 줄어드는 순간을 기다린 거군.'

합리적인 판단이라고 마인은 생각했다. 좀 더 일찍 공격했더라면 도시의 공방전을 더 오래 끌 수 있었겠지만, 상대는 도시를 미끼로 자신을 노려왔다.

마물들의 지휘를 맡고 있는 마인을 잃어서는 안 되는 마왕군에게는 유효한 전술이었다.

물론 마인도 얌전히 다음 마법에 맞고 있을 생각은 없었다. 마법사가 숨어 있는 방향을 가리키며 홉고블린 세 마리를 보냈다. 자기 자신은 검을 뽑아들고 적의 공격에 대비했다.

마법사만 숨어 있을 리가 없다. 분명 가까운 곳에 전사도 있겠지.

남은 다섯 마리의 홉고블린들에게도 주변을 경계하라고 지시한 순간, 하늘에서 누군가가 달려들었다. 창을 든 인간 전사가 바로 위에서 한 마리의 홉고블린을 창으로 꿰뚫은 것이다.

단말마의 비명과 함께 홉고블린이 절명했다.

마인은 그 즉시 전사를 포위하려 했지만, 풀숲에서 검을 든 전사가 나타나 기습적으로 홉고블린 한 마리를 베어 쓰러뜨렸다. 이제 남은 홉고블린은 세 마리.

마법사를 찾으라고 보낸 세 마리는 아직 돌아오지 않았다. 쓰러졌다── 라고 보기엔 더는 마법의 표적이 되고 있다는 감각은 느껴지지 않았다.

현재 자신을 포함하면 4대2. 상황은 그렇게 나쁘지 않았다. 검을 든 전사는 자신이 상대하기로 하고, 창을 든 전사에게 세 마리의 홉고블린을 보냈다.

상황만 허락한다면 마인은 일대일 대결을 좋아했다. 자신들의 힘에 자신이 있었기 때문이었다.

들고 있던 대검을 내리치듯 휘둘렀다.

마인은 그 힘을 충분히 발휘하기 위해 거대한 검을 무기로 사용하는 경우가 많았다. 실제로 아무리 기량이 뛰어나더라 하더라도 마인의 강력한 검을 제대로 받아낼 수 있는 인간은 그리 많지 않았다.

그 전사는 공격 범위에서 아슬아슬하게 벗어나 그 일격을 피했다.

'그렇다면 한 걸음 더 들어가면 될 일.'

인간은 검의 기량을 갈고닦는 데에 집착하지만, 그것은 단순히 개체 간의 힘의 차이가 크지 않으니 기술로 차이를 만들려는 시도에 불과했다. 그저 순수한 힘만으로 압도할 수 있다면 기량이 비집고 들어갈 여지 자체가 없었다. 실제로 마인은 전사가 피하는 동작을 확인하고 나서 순식간에 다음 공격으로 넘어갔다. 목표는 머리. 그곳에 공격의 틈 따위는 존재하지 않았다.

하지만 전사도 동시에 앞으로 파고들었다. 마인보다 더 빠르게. 다음 공격의 궤도를 예측하기라도 한 것처럼 낮은 자세를 취하고 검을 휘둘렀다.

마인의 검이 허공을 베었고, 전사의 검이 마인의 다리를 베었다.

『천박한 검을!』

마인은 무심코 소리쳤다.

마인의 세계에 기사도란 존재하지 않지만, 그럼에도 암묵적인 규칙 같은 것은 있었다.

기본적으로는 완력이나 마력을 정면으로 부딪치는 것이 전제였다. 그렇게 해서 승패를 가리고, 누가 우위인지를 명확히 하는 것이다.

역학관계를 분명히 하는 것. 그것이야말로 마인에게 있어서 가장 중요한 것이었다.

그렇기에 다리를 노리는 비겁한 싸움 방식은 선호하지 않는다.

다행히 상처가 깊지는 않았다. 하지만 다리에 힘을 주기가 어려워졌다.

마인은 상체의 힘만으로 대검을 휘둘렀다. 대검의 공격 범위는 길었기에 여전히 위협으로는 충분했다. 그러나 전사는 거기에 반응하지 않고, 사각지대를 살피듯 마인의 주위를 맴돌기 시작했다. 그리고 틈을 보고 다가가 일격을 가하고는 물러나는 동작을 계속 반복했다.

마인의 몸에 점점 상처가 늘어났다. 첫 공격으로 맞은 다리의 상처 때문에 원하는 대로 움직일 수가 없었다.

홉고블린들 쪽으로 시선을 돌렸지만 어느샌가 거리가 떨어져 있었다.

창을 든 전사가 홉고블린들을 유인하듯 싸우면서 마인에게서 떨어뜨린 것이다.

도움을 청하기 위해 말을 걸려던 마인이 움직임을 멈췄다. 자신의 긍지에 걸고, 하찮게 여기는 마물들에게 도움을 요청하는 짓은 할 수 없었다.

적어도 마법을 쓰고 싶었다. 그러나 전사는 마치 그 의도를 간파한 것처럼 끊임없이 공격을 퍼부었다.

'이 인간은 우리를 잘 알고 있다.'

마인은 직감했다. 전사는 마인을 제대로 파악하고 달려들고 있었다. 자신을 아무것도 할 수 없게 만들고, 마치 짐승을 사냥하듯 쓰러뜨리려 하고 있었다.

드디어 정면에서 마주 보며 눈이 마주쳤다. 이제는 온몸이 상처투성이라 몸에 원하는 대로 움직이지 않았다.

전사의 눈은 그런 자신을 가엾게 여기는 것 같기도 했다.

다만 그 깊은 곳에는 강한 증오가 느껴졌다.

※ ※ ※

"죽었나?"

땅에 엎드린 채 꿈쩍도 하지 않는 마인을 앞에 두고 나는 마침내 한숨을 돌렸다.

마인은 인간에 비해 합리적인 집단이었지만, 그럼에도 싸움에서는 자부심 같은 것이 엿보였다. 힘의 차이가 과하게 크지 않은 이상 그 허점을 노리면 이길 수 없는 상대는 아니었다.

홉고블린이 한 마리라도 남아 있었다면 승산이 희박했을 것이다. 하지만 이 마인은 일대일로 싸우기 위해 일부러 에프세이 쪽으로 홉고블린 세 마리를 모두 보내버렸다. 거기에 자만심이 있었다.

그렇지만 나도 완전히 무사하다고는 할 수 없었다. 마인의 검이 옆구리를 스쳤다. 그것만으로도 상당한 부상이었다. 지금은 천으로 반강제로 묶어 상처를 막고 있긴 하지만 사실 걷기도 힘들었다.

“자, 이제 도와주러 가야지.”

나는 진땀을 흘리면서도 몸을 일으켰다.

첫 번째 녀석은 허를 찔러 쉽게 쓰러뜨릴 수 있었지만, 본래 홉고블린은 강력한 마물이다. 한 마리라면 몰라도 세 마리를 동시에 상대한다면 절대 이길 수 없었다.

에프세이의 무기가 거리를 조절할 수 있는 창이었기에 어떻게든 홉고블린들을 유인할 수 있었지만, 속으로는 식은땀을 흘리고 있을 것이다.

게다가 소피아와 니나도 이제 곧 돌아올 타이밍이었다. 그 두 사람은 도망치면서 홉고블린들을 유인하고 있었다. 홉고블린은 무기와 방어구를 모두 갖추고 있었기 때문에 이동 속도는 그렇게 빠르지 않았다. 반면 마법사인 소피아와 성직자인 니나는 갑옷을 입고 있지 않아 몸이 가벼워 도망치는 속도가 빨랐다. 그 차이를 이용해 절묘하게 거리를 벌리고 도망치고 있을 것이다.

그런 식으로 호위를 떼어낸 후 내가 마인을 친다. 그것이 이번 작전이었다.

“……피곤해. 저기, 그거 알아? 마법사란 입을 움직이는 게 일이야. 다리를 움직이는 건 말이나 하는 일이지. 레너드 너, 동료 사용 방법이 좀 잘못된 거 아니야?”

지쳐서 주저앉은 소피아가 불만을 터뜨렸다.

“마법사도 체력은 필요해. 뭐든 할 수 있는 쪽이 편리한 게 당연하지.”

"그럼 너도 마법을 써."

"생각해 볼게."

나는 어깨를 으쓱했다.

"저도 이번 작전은 너무 힘들었어요. 홉고블린은 확실히 빠르지는 않지만, 아무리 지나도 전혀 지치지 않고 계속 쫓아왔거든요. 전 도중부터는 신께 기도까지 했어요. '도와주세요' 라고요."

드물게 니나가 농담 섞인 말로 피로를 호소해 왔다. 신의 기적으로 신체를 강화하고 있었을 텐데, 그 반동 때문인지 상당히 피곤해 보였다.

두 사람을 쫓고 있던 세 마리의 홉고블린은 내가 등 뒤에서 기습을 가하는 형태로 성공적으로 처치할 수 있었다.

반면 에프세이는 아무 말 없이 바위에 걸터앉아 있었다. 어깨에 창을 매고 고개를 푹 숙이고 있다. 줄타기 같은 긴장된 행동을 계속 반복한 탓에 심신이 소모된 것 같았다.

에프세이가 상대하던 홉고블린들은 마지막에 우리 모두가 합류한 덕분에 어렵지 않게 쓰러뜨릴 수 있었다. 이것도 계획대로였다. 하지만 모두가 지쳐 있었다. 나도 아까 회복을 받았다고는 하지만, 옆구리의 통증은 아직 가시지 않았다.

"니나, 피로를 회복시켜주는 기도를 부탁해. 이대로 가다가는 도시가 함락될 거야."

마인을 쓰러뜨리긴 했지만 알칸도가 열세라는 사실에는 변함이 없었다.

지금부터 도시까지 돌아가서 마인을 쓰러뜨렸다는 사실을 마물들에게 알려주어야 했다. 그것을 위해서는 피로를 회복해야 했다. 마인을 쓰러뜨린 것까지는 좋지만, 도시가 함락되어 보수를 받지 못하는 상황이 벌어지면 그보다 더 우스운 일도 없을 것이다.

"레너드, 당신 옆구리에 난 상처가 가장 깊었어요. 조금 전에 치유했다고는 하지만 아직 통증이 남아 있지 않나요? 좀 더 쉬는 편이……."

니나가 날 걱정했다.

"내 걱정은 됐어. 그보단 보수 쪽을 걱정해. 빨리 도시로 돌아가지 않으면 시간이 초과될 거야."

내가 고통에 일그러진 얼굴로 억지 미소를 지어 보이자, 니나는 말없이 신에게 기도를 올리기 시작했다.

그사이에 나는 죽은 마인의 얼굴을 바라보았다. 말 그대로 악귀 같은 형상을 하고 있었다. 비열한 방식으로 싸우는 나에게 죽임을 당한 것이 어지간히도 못마땅하지 않았을까.

나는 그 목을 베어내야만 했다. 마인의 목을 내걸어서 마물들을 겁주고 후퇴시켜야 했기 때문이다.

"그렇게 노려보지 말라고. 나도 평화로운 죽음을 맞이하지는 못할 테니까."

자신의 죽음이 최악일 것이라는 자각은 있었다.

※ ※ ※

마인의 목은 효과가 확실했다. 도시로 돌아온 우리가 그 목을 보여주자마자 마물들은 두려워하며 도망쳐버렸다. 무리를 해서 돌아온 보람이 있었던 셈이다.

하지만 타이밍 자체는 아슬아슬했다.

영주의 대리로서 도시 방위에 임하고 있던 초로의 기사는 우리에게 반은 감사하고 반은 분노를 터뜨리는 진기한 반응을 보여주었다.

마인을 쓰러뜨린 것에는 감사의 말을 해 주었지만, 도시가 공격받은 지 꽤 시간이 지났기 때문에 수비대에도 막대한 피해가 발생한 상황이었다. 기사, 병사, 모험가를 불문하고 절반은 전사하고 말았다.

"좀 더 빨리 마인을 처치해 줄 수는 없었나?"

그 표정에는 깊은 슬픔이 담겨 있었다. 아마 가족이나 가까운 사람이 죽은 거겠지.

그런 반면 우리 측에는 단 한 명의 희생자도 없었다. 그 사실에 납득이 가지 않는 것 같았다.

죽을 각오로 싸우지 않았던 것이 아닌가, 라고 말하고 싶은 거겠지.

"우리의 일은 마인을 처치하는 거다. 도시를 구하는 게 아니야. 임무는 완수했어."

내가 할 수 있는 말은 그것뿐이다. 사람이 할 수 있는 일에는 결국 한계가 있다. 용사님이었다면 좀 더 헌신적으로 임했을지도 모르겠지만, 나는 그런 위인이 아니었다.

영주는 내가 요구한 보수를 기꺼이 승낙해 주었다. 마왕군의 지휘관인 마인의 죽음은 도시에 그리 길지 않은 평화가 찾아왔음을 의미했기 때문이었다.

나는 작은 약방을 운영하고 있었다.

다양한 지식을 요하는 약방은 마법사들이 자주 선택하는 장사 중 하나로, 수익은 그리 높지 않지만 먹고 살아가기에는 충분했다.

그 무렵, 세계는 마왕의 위협을 받고 있었지만, 나는 그런 것에는 관심을 두지 않고 그저 고요하게 살아가며 평온한 일상을 누리고 있었다.

그러던 어느 날, 가게에 무뢰한 느낌이 풀풀 풍기는 금발의 사내가 찾아왔다. 다부진 체격을 보니 실력 있는 전사로 보였다.

"상처약 좀 줘. 잘 듣는 놈으로."

남자의 주문은 꽤나 엉성했지만, 이쪽이 원하는 대로 약을 고를 수 있기 때문에 손님으로서는 나쁘지 않았다. 가격은 조금 비싸지만 그에 상응하는 효과가 있는 약을 카운터 위에 놓아 주었다.

"이거면 충분할까?"

내가 가격을 말하기도 전에 그 남자는 카운터 위에 금화를 세 개를 떨어뜨렸다. 무심코 안경을 고쳐 쓴 나는 그것이 틀림없는 금화라는 사실을 확인했다.

"……너무 많아."

마법사의 약은 비싸지만, 그 정도의 가격이 나가지는 않는다.

"그래? 그럼 잔돈 대신 이야기 좀 들려줘."

"이야기? 무슨 이야기?"

남자의 목적을 알 수 없어 카운터 아래에 놓여 있는 마법 지팡이를 잡았다.

"그렇게 경계하지 말라고."

남자는 해를 끼칠 의사가 없다는 것을 보여주듯 양손을 펼쳐 보였다.

"그냥 너에 대해 좀 알고 싶어서 말야. 듣기로는 옛날에 실력 좋은 마법사였다던데. 지금은 왜 이런 곳에서 약방을 하고 있는지 궁금해서."

날 마법사로서 스카우트하기 위해 온 것일까? 가끔 그런 제안을 받기도 했지만, 모두 거절했다.

"내 개인적인 이야기는 별로 대단한 것도 아냐. 재미도 없고."

"뭐, 어때. 다른 손님도 없는 것 같고, 그 정도 서비스는 해 줘도 되잖아? 딱히 널 꼬시려는 건 아니니까 걱정하지 마."

황혼 무렵이라 확실히 손님은 없었다. 남자는 내 취향의 얼굴은 아니었지만 남의 마음에 쉽게 파고드는 뻔뻔한 미소를 짓고 있었다.

그 얼굴을 보자 왠지 모르게 그런 기분이 들었다. 솔직히 말하자면 세 개의 금화가 감사한 수입이라는 것도 이유 중 하나였다. 이야기 하나로 그 정도의 금액을 받을 수 있다면 나쁘지 않은 장사였다.

"……알았어. 옛날이야기를 조금 들려줄게."

나는 카운터 위에 놓인 금화를 집어 들었다.

"나는 말이지, 이래 봬도 귀족이었어. 아가씨 말야. 하인 같은 것도 많이 있는 저택에서 아무 불편함 없이 자랐지. 지금은 마법사가 돼서 약방을 운영하고 있지만. 하지만 딱히 드문 이야기도 아니야. 귀족 출신인 마법사는 흔하거든. 애초에 마법을 배우는 교육에는 돈이 드니까 일반 서민들에게는 절대 무리지."

"부자만 될 수 있는 직업이라는 건가?"

남자가 빈정거림을 담아 입꼬리를 일그러뜨렸다.

"뭐, 그런 거지. 나는 이래 봬도 나름 우수했거든? 마법에 필요한 고대어도 금방 외웠고, 6살 정도에 주문을 외우는 것에도 성공했어. 그때는 모두가 날 칭찬하기 바빴지. '천재다!'라면서 말야."

"젊은 나이에 순탄한 인생이었군."

남자는 어깨를 으쓱했다. 나도 덩달아 키득키득 웃었다.

"맞아. 하지만 귀족에게는, 그것도 여자에게는 그런 재능이 별로 필요하지 않았어. 성장해 나가면서 그 사실을 점점 깨닫게 됐지. 나에게 부여된 일은 적당한 귀족의 아내가 되어 아이를 낳는 거라는 사실을, 말야. 부모님은 그렇게나 날 칭찬해 줬지만, 결국 마법의 재능 같은 건 그다지 중요하지 않았던 거야. 태어날 아이에게 마법의 재능이 있는 것만으로도 충분했던 거지."

"거지 같은 이야기군."

남자는 미간을 찌푸렸다.

"맞아, 내 말이. 정말 거지 같았어. 그래서 나는 집을 나왔지. 내 실력만으로 살아가기 위해서. 모험가가 되기로 결심했어."

"귀하게 자란 아가씨가 큰 결단을 내렸군."

또 한 번 남자가 웃었다. 그는 이야기에 맞춰 시시각각 표정을 바꿔주었기 때문에 대화하기가 수월했다.

"그런 셈이지. 그래서 아는 사람의 소개를 통해 모험가의 일원이 될 수 있었어. 마법사의 수가 적다 보니까 동료로 날 받아들여 줄 파티도 금방 찾을 수 있었지. 게다가 나는 천재였으니까."

나는 웃었다. 두려움을 모르던 젊은 시절의 자신을 떠올리며.

"그다음부터는 모험의 나날들이 이어졌지. 평범한 생활조차 나에게는 모험이나 다름없었어. 귀족 출신으로 고상하게 자라온 나에게는 서민적인 생활이 쉽게 몸이 배지 않았거든. 하지만 무슨 일을 하든 내가 스스로 해야 했지만, 살아 있다는 실감을 느낄 수 있었어. 동료복도 있었는지 정말 보람찬 날들이었지. 마물들을 향해 내 특기인 마법도 마음껏 날릴 수 있었고 말야. 여기서만 하는 이야기지만, 나는 공격 마법을 날리는 걸 정말 좋아하거든. 그때 느껴지는 통쾌함은 그 어디서도 느낄 수 없을 정도지. 정말로 즐거운 날들이었어."

"인생의 황금기란 놈이군."

남자가 말한 대로였다. 그때의 나는 가장 빛나고 있었다.

"하지만 그 전투가 벌어졌어. 기억하지? 10년 전 그 전투를."

"마리카 말이지."

남자의 얼굴이 진지해졌다.

"그래, 성가시게도 마왕군이 마리카국을 침공해 왔어. 남이 기껏 행복한 삶을 살고 있었는데, 정말 눈치 없는 녀석들이야."

"……정말 그렇군."

그 목소리는 굳어 있었다.

"우리도 모험가들로 결성된 의용군에 참가했어. 그것도 내가 '모험가라면 사람을 위해 싸워야 해'라면서 모두를 설득했지. 인생이 너무 잘 풀리던 와중이라 자만하고 있었던 거야. 게다가 아마 난 그 싸움에서 이름을 떨쳐서 이미 버린 우리 집안이나 귀족들에게 보여주고 싶었던 것 같아. 그런 명예욕도 있었어."

나는 마음속 깊은 곳에서 귀족으로서 모험가가 된 것에 열등감을 느끼고 있었다. 그 전투를 통해 그것을 떨쳐내고 싶었던 것일지도 모른다.

남자는 말 없이 뒷이야기를 재촉했다.

"결과는 알고 있는 대로야. 마왕군은 물리쳤지만 의용군도 거의 전멸 상태. 도저히 이겼다고 말하기는 어려웠지. 난 운 좋게 살아남았지만, 동료들은 모두 죽었어. 그 일 때문에 이제 싸움이라면 지긋지긋해. 그 전투에서 평생 싸울 싸움을 다 했으니까. 그래서 지금은 약방을 하면서 소소하게 생활해 나가고 있다는 거지. 내 인생 이야기는 이 정도야. 이제 만족했을까?"

나는 농담조로 그렇게 물었다.

"아니……."

하지만 예상과는 달리 남자는 고개를 저었다.

"좀 더 구체적으로 알려줬으면 좋겠어. 특히 마리카 전투 부분에 대해. 네가 어떻게 살아남을 수 있었는지를 말이야."

얼굴은 웃고 있었지만, 그 눈은 확실하게 나를 바라보고 있었다. 싫다고 말할 수 없는 분위기였다.

"별로 이야기하고 싶지 않은데……."

나는 눈을 감고 숨을 내쉬었다.

"뭐, 상관없지. 확실히 금화 세 개 값으로는 부족했을지도 모르겠네."

게다가 누군가에게 들려주고 싶은 이야기이기도 했다.

"마왕군과의 싸움은 처음에는 우리 쪽이 우세했어. 마물의 수는 많았지만 모험가들끼리 서로 협력하면서 어떻게든 해나갈 수 있었거든. 나도 내 특기인 공격 마법으로 마물들을 처치해 나갔지. 그것도 수백 마리나 되는 마물들을 말이야. 하지만 아무리 쓰러뜨려도 계속해서 마물들은 쳐들어왔어. 죽을 거라는 걸 알면서도 돌진하는 걸 멈추지 않더라고. 그런 마물들을 계속 상대하다 보니 몸과 마음 모두 지쳐가기 시작했어. 그러는 사이에 전사들이 휘두르는 칼이 무뎌지기 시작했고, 마법사들의 마력도 고갈되기 시작했지. 물론 나도 예외는 아니었어. 처음부터 강력한 마법을 계속해서 날려대고 있었으니까. 그렇게 완전히 지친 우리 앞에 마인들이 나타난 거야."

"처음부터 그걸 노렸던 거겠지. 마인은 교활하니까. 충분히 할 만한 짓이야."

이 남자는 마인에 대해 잘 아는 것 같았다. 모험가일까?

"그렇지. 우리는 마인을 너무 만만하게 보고 있었어. 실제로 우리는 단숨에 열세에 몰렸으니까. 하지만 우리에게도 희망은 있었어."

"희망?"

"의용군에는 루크라는 모험가가 있었거든. 최강으로 추앙받던 전사야. 그는 포기하지 않고 계속 싸워서 혼자서 몇 명의 마인을 쓰러뜨렸어. 그의 모습을 보고 모험가들은 다시 힘을 낼 수 있었지. 그리고 다시 한번 마인에게 용감하게 맞섰어."

"연극이었다면 역전했을 법한 상황이군."

남자는 씁쓸한 미소를 짓고 있었다. 그 결말을 알고 있기 때문이었다.

"그래, 그랬으면 좋았을 텐데, 그렇게까지 잘 흘러가지는 않았어. 기세만으로는 어쩔 수 없었지. 고갈된 체력과 마력은 돌아오지 않아. 루크의 분투도 허망하게, 모험가들은 하나둘 쓰러져갔어."

그것은 지금도 꿈에 나오는, 옛 동료들이 죽어 가는 광경.

"나도 마인에게 죽임을 당할 뻔했어. 어렸을 때부터 마법 외에는 아무것도 단련한 게 없어서 체력이 전혀 없었거든. 필사적으로 도망쳤지만, 금방 숨이 턱까지 차올랐지. 그래서 마인에게 손쉽게 따라잡히고 말았어. 그땐 정말 무서웠는데……. 하지만 도움을 받았어. 한 여자 마법사에게. 그 사람은 마법사였는데도 기민하게 움직여서 나와 마인 사이에 끼어들었어. 그리고 더는 마법을 사용할 수도 없게 된 나 같은 걸 보호하면서 마인과 맞서 싸우기 시작했지. 피투성이가 된 그녀는 내 위에 몸을 겹치듯이 쓰러졌어. 그때, 나한테 이렇게 말하더라. '……이대로 싸움이 끝날 때까지 계속 쓰러져 있으렴' 하고. 내 어머니보다 더 어머니 같은 얼굴을 하고 있었어. 분명 아직 어린 나이였던 내가 가엾게 느껴졌던 거겠지. 그때는 나도 젊었으니까……."

나는 자조하듯이 희미하게 웃었다. 하지만 남자는 웃지 않았다.

"……그 여자의 이름은 알고 있나?"

"레이야. 고명한 마법사로 루크의 아내이기도 했던 사람이지. 루크는 레이가 죽은 걸 보자마자 크게 울부짖으며 마인들 속으로 돌진해 들어갔어. 아내가 죽어서 자포자기한 걸지도 몰라. 그리고, 그대로 돌아오지 않았어…… 나 같은 것 때문에."

레이에게 죽음의 계기를 초래한 것은 틀림없이 나였고, 루크의 죽음의 원인도 나였을지도 모른다. 그 죄는 무거워서, 그 누가 용서한다 해도 나는 나 자신을 용서할 수 없었다.

"내 옷은 레이가 흘린 피로 온통 물들어서, 옆에서 보면 어떻게 봐도 겹쳐진 시체로만 보였을 거야. 그래서, 그대로 죽은 척을 하고 겨우겨우 살아남을 수 있었지. 한심한 이야기야."

나는 큰 한숨을 내쉬었다.

"이걸로 만족했을까? 이제 완전히 밤이야. 가게 문 닫을 시간이야."

어느새 밖의 풍경은 어두워져 있었다.

"그렇군. 정말 꽤 늦어버렸어."

남자도 밖을 바라보았다. 이제 겨우 돌아갈 결심이 든 것일까? 하지만 그에게 이야기를 털어놓을 수 있어서, 나도 마음속의 응어리가 좀 풀린 것 같은 기분이었다.

"사실 난 모험가다."

뒤를 돌아본 남자가 갑자기 그렇게 말했다. 그가 모험가라는 것은 예상하고 있던 일이라 특별히 놀랍지는 않았다.

역시 나를 동료로 삼기 위해 온 것일까?

하지만 그의 말은 전혀 예상하지 못한 것이었다.

"네 본가에서 널 찾아달라는 의뢰를 받고 왔어, 소피아."

"무슨……."

남자는 나를 알고 있었다. 그는 우리 부모님의 부탁을 받아 이곳에 온 것이었다. 다정했던 부모님의 얼굴이 떠올랐다. 결코 나쁜 사람들은 아니었다. 하지만…….

"아직도 딸을 아끼는 자상한 부모님이야. 네가 독신이라는 사실을 알면 결혼 상대도 찾아주겠지. 나쁘지 않은 이야기 아닌가?"

남자가 경박한 미소를 지어 보였다.

"내가 귀족으로 돌아가고 싶어 한다고 생각해?"

나는 마법 지팡이를 들었다. 이제 와서 집으로 돌아갈 생각은 없었다.

"그럼 약방 주인이 되고 싶었던 건가?"

"……."

말문이 막혔다. 약사가 되고 싶었던 것은 아니다. 나는 모험가로 살고 싶었다. 하지만 더는 그럴 자격은 없었다. 루크와 레이를 죽게 만든 나에게는.

"사실 난 동료를 찾고 있어. 실력 있는 마법사를. 거기에 미인이라면 더할 나위 없고 말이지."

남자가 나를 유혹하기라도 하듯 한쪽 눈을 찡긋거렸다. 이상하게도 불쾌함은 들지 않았다.

"네가 여기 있다는 걸 네 본가에 보고하면 누군가가 찾아올 거

고, 즐거운 약방 놀이도 거기서 끝나겠지. 하지만 내가 '따님을 찾지 못했다'라고 보고하면 자유로운 생활을 계속할 수 있어. 물론 모험가로서겠지만. 그래서, 어떻게 할래?"

남자가 선택을 강요했다.

"한 가지 묻고 싶은데, 왜 나야?"

"나는 한때 루크와 레이의 동료였어."

그 말에 숨을 삼켰다. 루크의 다른 동료들에 대해서 나는 아무것도 몰랐다.

"그리고 혼자 살아남았지. 나에게는 동료가 필요해, 소피아. 네가 그중 한 사람이 되어줬으면 좋겠어."

이 남자는 그 전투를 겪고 나서도 여전히 싸우고 싶은 것일까.

"……나는 더 이상 모험가로서 있을 자격이 없어."

동료들과 루크와 레이를 죽게 했다는 죄책감 때문에, 나는 그 후로도 계속 그곳에 멈춰서 있었다. 나 혼자만 모험가를 계속할 수는 없었다.

"뭐야, 역시 귀족으로 돌아가고 싶었던 건가?"

그 목소리는 도발적이고 연극적이었다.

"사실은 프릴 달린 드레스를 입고 과자라도 먹으면서 살아가고 싶었던 거지? 그리고 다른 사람들에게 전투를 하게 만들고, 본인은 안전한 곳에서 지켜보기만 하는 그런 인생. 확실히 나쁘지는 않네. 편할 테니까. 하지만 그 나이에 귀족 아가씨라는 건 조금 괴롭지 않을까. 추천은 못 하겠네."

……아아, 이해했다. 이 남자는 나에게 변명을 만들어주고 있

는 것이다. 이런저런 이유를 대며 도망치고 있던 나에게.

"무례한 남자네. 말하는 방식에 신경 좀 써. 난 무례한 남자는 딱 질색이야."

"이런, 미안하군. 보다시피 태생이 좋지 못해서 말야. ――아름다운 아가씨, 부디 저와 함께 가 주시겠습니까? 다시 한번, 그 천박하고 저속한 전투의 현장으로."

남자가 귀족 같은 과장된 몸짓을 하며 내게 손을 내밀었다.

"――그래. 나도 귀족의 예의범절은 거의 다 잊어버렸어. 이제 와서 점잔빼는 아가씨로 돌아가는 건 어려울지도 모르지. 더는 그 선택지는 사라졌어."

난 어쩌면 기다리고 있었는지도 모른다. 이런 식으로 누군가가 날 데려가주기를.

"게다가 비열한 사내에게 협박까지 받았으니 모험가로 돌아갈 수밖에 없겠네."

나는 카운터에서 나오자 남자의 손을 잡았다. 오랜만에 닿은 사람의 손은 뜨거웠다.

"그래서, 네 이름은 뭐지?"

"레너드다. 잘 부탁해, 고상한 귀족 아가씨."

금발의 모험가는 또다시 한쪽 눈을 찡긋했다.

"다음 의뢰가 결정됐어."

술집 테이블에 둘러앉아 있던 동료들에게 나는 말을 걸었다.

"여기서 서쪽에 있는 마왕군에게 점령당한 나라에서, 욕심 많은 상인이 탈출하지 못해 곤란한 상황이라더군. 구출할 인간은 4명. 인당 금화 100개를 받으면 도합 금화 400개가 되는 제법 짭짤한 일이야."

"마왕령에 남겨져 있는 건가요? 그럼 상당히 위험한 상황인 거 아닌가요?"

니나가 걱정스러운 어조로 말했다. 마왕군의 지배하에 들어간 땅에서는 마물들이 늘어나고 활동도 활발해진다. 사람이 살기에는 꽤나 힘든 환경이다.

"최근에 점령된 나라니까 그렇게까지 위험하지는 않을 거야. 다만 탈출은 어렵겠지. 구하러 간다면 우리들을 마치 신의 사자처럼 여기지 않을까."

"요즘 신의 심부름에는 금화가 필요한가 보지?"

소피아가 비아냥대며 웃었다.

"물론이지. 구원을 바라는 마음이 똑같다면 신이라고 해도 금을 가진 쪽을 더 우선시할 거야."

나는 어깨를 으쓱했다. 믿음만으로 신이 사람을 구원해 준다면 세상은 평화로울 것이다.

"하지만 4명이니까 탈출시키려면 마차가 필요하겠네. 우리가 준비하는 거야? 아니면 저쪽이?"

소피아가 안경을 살짝 들어 올리며 확인했다. 약방을 운영해서 그런지 돈의 출입에 대해서는 나보다 더 세심한 부분이 있었다.

"이쪽에서 준비해 간다. 필요 경비로 청구할 거야."

"그래. 의뢰해 준 사람이니까 최대한 좋은 마차를 준비해야겠네. 성의 무도회에 참가할 수 있을 정도로 훌륭한 마차를 말이야."

소피아가 마녀처럼 사악한 표정을 지어 보였다. 우리의 주머니에 아무런 부담이 없으니 비싼 마차를 준비할 생각인 모양이다.

"행선지는 무도회가 아니야. 외관보다는 튼튼한 걸로 해."

"뭘 모르는구나, 레너드. 귀족들이 사용하는 외관이 훌륭한 마차는 아주 튼튼하거든. 그들에게는 체면과 안전이 최우선이니까."

소피아는 귀족 출신임에도 예전 동료들을 싫어하는 것 같았다.

"그런가? 하지만 눈에 띄는 건 좋지 않아. 행선지인 무도회장에 마물들을 초대하는 꼴이 될 수도 있으니까. 최대한 수수하고 튼튼한 걸로 해 줘."

"알겠어. 사람들을 짐처럼 실어 나르는, 훌륭한 승차감을 가진 수수한 마차로 할게."

"이번 일에서는 승차감보다 안전이 우선이야. 상인 집안을 에스코트하는 것보다는 짐짝처럼 다루는 게 더 편해."

의뢰는 상인 일가를 무사히 탈출시키는 것. 접대는 그다음이다.

"가기로 결정됐으면 빨리 진행하는 게 좋겠어요. 상인 가족분들이 구출을 기다리고 있을 테니까요."

니나가 굳센 목소리로 말했다. 상인들을 진심으로 걱정하고 있는 얼굴이었다.

"그래. 의뢰는 마물 토벌이 아니야. 시체를 가지고 돌아와도 돈은 되지 않을 테니까. 최대한 빨리 가는 게 정답이지."

나의 시시한 농담에 니나는 인상을 찌푸렸지만, 몸을 일으키는 것으로 다른 동료들의 행동을 재촉했다. 그 모습을 보고 에프세이가 술을 들이키더니 귀찮다는 얼굴로 일어섰다.

"그럼 출발은 내일이다. 쾌적한 여행을 위해 잘 준비해 줘."

내 말에 세 명의 동료들은 제각각 흩어졌다.

※ ※ ※

그날 밤, 내가 사들인 짐을 들고 여관방으로 돌아오니, 그 녀석이 기다리고 있었다.

——예언자. 마왕이 나타날 때 사람 중에서 용사를 선택하고 이끄는 자.

"또 너냐. 난 이제 누군가와 같이 잘 필요가 없는 나이야. 유감스럽지만 다른 사람을 찾아봐."

내 가벼운 농담에 예언자는 아무 반응도 보이지 않고 그저 한마디만 했다.

『서쪽으로는 가지 마라.』

"역시 예언자님이군. 소식이 빨라. 이참에 정보원으로 이직하는 게 어때?"

내가 가리킨 끝에는 30마리 정도의 고블린이 도발하듯 날뛰고 있었다.

거인과 같이 있으니 기세등등해진 모양이다. 본래는 더 겁이 많은 녀석들이다.

"소피아, 좀 불태워줘."

마침 마차에서 내려 굳어진 몸을 펴고 있는 소피아에게 나는 그렇게 말했다.

"태워주세요, 겠지. 사람을 막 부리는 리더라니까."

그런 불평을 하면서도 안경을 쓴 여자 마법사는 지팡이를 짚고 눈을 지그시 감았다.

『타오르는 붉은 화염이여, 불의 정령이여, 내 주문에 응답하라. 피어오르는 불길이여, 고대 비술에 의해 주어진 예지와 함께 나의 부름에 응하라…….』

보랏빛이 감도는 검은 머리를 휘날리며 소피아가 외우고 있는 것은, 마법을 사용하기 위해 필요한 고대어였다. 상당히 난해한 언어이기 때문에 당연히 나는 무슨 말인지 거의 알아들을 수 없었다. 알아듣는다고 해 봤자 마법을 쓸 수 있을지 어떨지는 재능의 문제였기에 딱히 배울 마음도 없었다.

소피아의 지팡이 끝에 빛이 깃들었다. 고블린들은 아직 그 모습을 알아차리지 못했다. 태평한 무리들이다. 보기 좋게 구워질 운명에 처해졌는데도.

이어서 홍련의 화염이 회오리바람을 일으키며 거인과 고블린을 덮었다.

비명을 지를 새도 없이 불에 타버리는 고블린들. 거인은 역시나 이 한방에 죽지는 않았지만 전신에 화상을 입어 고통받고 있었다.

"자, 마무리를 하러 가볼까, 에프세이."

에프세이는 말없이 고개를 끄덕인 후 나와 동시에 말을 타고 달리기 시작했다.

거인은 다가오는 우리를 알아차리고 손에 든 곤봉을 휘두르기 시작했다. 빠른 동작은 아니지만, 실수로 맞기라도 하면 그 즉시 이 세상과 작별이다.

말에서 내려 접근한 나는 곤봉을 피해가며 검으로 자잘한 상처를 입혀나갔다.

에프세이는 조금 떨어진 장소에서 상황을 살피고 있다가, 거인의 주의가 완전히 나에게 쏠린 것을 확인하자마자 전력으로 도약했다.

공중에 높이 날아오르는 것은 에프세이의 특기 중 하나다. 하지만 허공에 떠 있는 상태에서는 완전한 무방비가 되기 때문에 내가 미끼가 될 필요가 있었다.

에프세이가 뛰어오른 그 높이는 거인의 키를 훌쩍 뛰어넘었다.

거인의 등 뒤에서 뛴 에프세이는 그대로 녀석의 목을 창으로 깊숙이 찔렀다. 거인이건 마인이건 인간형이라면 급소는 똑같다. 이곳을 당하면 한방에 끝이다.

거인은 그대로 멈춰 꼼짝도 하지 않았다. 절명한 것 같았다.

"다친 곳은 없나요?"

우리들의 몸을 걱정한 니나가 곧바로 달려왔다.

"없어. 완전 쉬웠거든."

나는 엄지손가락을 세웠다. 동시에 에프세이도 거인에게서 창을 뽑아 들고 그 반동으로 몸을 회전하며 착지했다. 다친 곳은 없다. 늘 이렇게만 되면 좋을 텐데.

※ ※ ※

거인을 쓰러뜨린 우리들은 목적했던 마을까지 무사히 도착할 수 있었다.

이 마을 주민들은 마왕군의 침공과 함께 어디론가 피난을 가버려서 지금은 거의 폐촌이나 다름없었다.

그곳에 숨어 있던 상인 가족과도 무사히 만났다. 상황은 최고로 순조롭다고 할 수 있었다.

그런데 한 가지 문제가 발생했다.

상인이 이 마을에 있던 아이를 함께 데려가고 싶다고 말해 온 것이다.

"아이 하나쯤은 괜찮지 않나?"

그게 녀석의 주장이었다.

"생명의 가치를 너무 가볍게 여기는 거 아닌가?"

나는 어깨를 으쓱했다.

"우리는 우리들의 목숨을 걸고 당신들을 구하러 온 거라고. 상상해 봐. 당신들이 지금 계곡에 빠질 위험에 처해 있어. 우리는 지금 그걸 끌어올리려고 하는 거야. 자칫 무리하면 우리도 계곡 바닥으로 굴러떨어질 수 있는 위험한 상황이다. 하지만 그만한 돈을 받았으니까, 뭐 어떻게든 견딜 수 있는 거지. 그런데 거기에 아이 한 명이 추가로 매달리겠다는 거잖아. 그렇게 되면 좀, 팔에 힘이 빠지지 않을까?"

"하지만 어린아이 아닌가! 자네들은 실력 있는 모험가라고 들었는데!"

의뢰인인 상인이 다그쳤다. 상인치고는 착한 사람인 모양이다.

내친김에 니나도 도와주고 싶은 표정을 짓고 있었다. 에프세이와 소피아는 '너에게 맡기겠다'라는 눈빛을 전해왔다.

"추가로 금화 50개 더. 반으로 깎아줄게."

이쯤이 타협 지점이겠지.

"금화를 400개나 가져가 놓고도 돈을 더 요구하는 건가?!"

이쪽이 양보했음에도 불구하고 의뢰인은 불만을 터뜨렸다.

"마음대로 해. 우리는 이제 이 마을에서 나갈 거야. 언제 마인들이 찾아올지 모르니까. 딱히 우릴 따라오지 않아도 상관없어. 의뢰는 실패, 우리는 보수를 받지 못하고 평판도 떨어지겠지만, 당신들은 목숨을 잃겠지. 서로가 손해 보는 장사다. 아니면 처음 의뢰했던 대로 당신과 그 가족만 호위해도 되고. 아니면 추가 금화를 내고 그 아이도 같이 데려가도 돼. 자, 어쩔 거지?"

시간이 없다는 말은 사실이었다. 그렇게나 눈에 띄는 거인이 사라졌으니 곧 마왕군도 알아차릴 것이다. 그러니 마인들이 대거 몰려온다면 끝이다.

불행하게도 마인은 인간만큼 어리숙하지 않았다. 왕족이나 귀족들이 마인만큼 부지런히 움직였다면 전황은 좀 더 나아졌을 것이다.

"……금화 50개를 내지."

상인은 불만을 드러내면서도 추가 보수를 약속했다.

"훌륭해. 당신은 생명의 가치를 잘 알고 있군. 계약 성립이다. 우리는 금화 50개의 가치가 있다고 생각하고 그 아이를 지키겠어. 당장 마차에 올라타. 한 사람 늘어난 만큼 좀 좁아지긴 하겠지만, 짐 하나 정도만 포기해 주면 문제는 없겠지. 뭐, 사람 목숨에 비하면 별거 아니잖아?"

나는 즉시 출발을 재촉했다.

※ ※ ※

마차 안에 상인 일가족과 더해진 아이를 밀어넣고 우리는 출발했다.

그리고 왔던 길이 아니라 더 서쪽으로 향하는 길로 나아갔다. 상인이 거점으로 삼고 있는 엘데리아라는 도시를 목표로 하기 위해서였다. 당연히 왔던 길이 더 안전하다는 것은 확인된 사실이지만, 그런 의뢰였기 때문에 어쩔 수 없었다.

모험가는 떠돌아다니는 직업이다. 이렇게 나라를 넘나드는 일은 드문 일도 아니었다. 알칸도로 돌아가고 싶다면 그쪽으로 가는 의뢰를 받으면 그만이다.

물론 무사히 엘데리아에 도착했을 때의 이야기지만.

출발한 지 한 시간도 되지 않아 가도를 가득 메운 집단이 보였다.

마왕군이다. 점령한 토지의 주요 도로는 철저히 봉쇄하여 인간들이 멋대로 지나다닐 수 없게 만들어놨다. 전쟁 중이었으니 당연한 일이다. 녀석들에게 빈틈은 없다.

인간이 마왕군에 열세인 것은 어쩌면 당연한 이치가 아닐까.

“어쩔래? 돌아서 갈까?”

에프세이가 말을 가까이 가져왔다.

“아니, 적의 수는 적어. 마인도 한 명이야. 길을 잘못 들면 마물들이 몰려올 거야. 여기서는 정면돌파로 가자. 게다가 어쩌면 이야기가 통하는 녀석일지도 모르니까.”

마인은 인간의 말을 이해할 수 있었다. 겉보기만큼 위험한 존재는 아니며, 의외로 이성적인 녀석들도 있다. 사실 대화로 해결한 경우도 없지는 않았다. 상당히 낮은 확률이지만.

길을 가로막고 있는 마왕군은 마인을 수장으로 둔, 여러 마물들로 구성된 혼성부대로 보였다. 고블린, 오거 등 부모의 얼굴보다 더 익숙한 무리들이었다.

신호를 보내 마차를 멈추게 하고, 마부석에 앉아 있던 소피아에게 말했다.

“준비해 줘.”

"알았어."

소피아의 대답을 듣자마자 나는 홀로 말을 타고 앞으로 나아갔다.

그리고 도망칠 수 있는 아슬아슬한 선까지 마왕군 쪽으로 다가가 목소리를 높였다.

"쓸데없는 싸움은 그만두자고, 마인 양반. 우리는 실력 있는 모험가다. 싸우면 이쪽이 당연히 이길 거야. 하지만 그건 그거대로 수고스럽지 않을까? 너희들에게도 '지나가는 인간을 모조리 전멸시켜라'라는 말도 안 되는 명령이 떨어지진 않았을 거 아냐? 잠깐만 눈을 감고 있으면 돼. 뭐, 그렇게 긴 시간도 아냐. 소변을 보는 정도의 짧은 시간이지. 그럼 우리도 너희도 누구 하나 상처 입지 않고 죽을 일도 없다. 아마 네 인생에서 다섯 번째 정도로는 좋은 제안일 거야. 어때?"

나보다 머리 두 개는 큰 거구를 자랑하는 보라색 피부의 마인은, 날카로운 눈빛으로 나를 노려보더니 천천히 이쪽을 가리켰다.

그러자 그를 따르던 마물들이 일제히 나를 향해 달려들었다.

협상 실패. 융통성 없는 녀석은 어디에나 있는 법이다.

나는 곧바로 말머리를 돌려 동료들이 있는 쪽으로 달렸다. 소피아가 길 한복판에 진을 치고 주문을 외우고 있는 모습이 보였다.

그 소피아와 스쳐 지나가는 순간, 마법이 완성되었다.

뒤쫓아오던 적의 집단을 향해 소피아의 지팡이에서 방출된 번개가 직격했다. 마물들이 재가 되어 쓰러졌다. 협상에는 실패했지만 미끼로서의 역할에는 성공이었다. 지금 주문으로 적의 절반은 무너뜨렸을 것이다.

"그럼 가볼까."

다시 한번 말머리를 돌리고, 나는 검을 뽑아 들었다. 에프세이도 창을 겨누고 있었다.

이제부터는 전사가 나설 차례였다.

조금 전에 쓴 마법으로 멍하니 서 있는 마물들을, 말을 타고 달리며 베어 넘겼다.

에프세이도 창을 휘두르며 날뛰고 있다. 이런 싸움에서는 기세가 중요하다. 단 둘뿐이라도 기세만 있으면 수적으로 우세한 적과도 유리하게 싸울 수 있었다.

순식간에 마물의 수는 줄어들었지만, 뒤쪽에 대기하고 있던 마인이 소리쳤다. 그것은 인간의 말이 아니라 짐승 같은 우렁찬 포효였다. 그러자 겁에 질려 싸우던 마물들이 쏜살같이 도망쳤다. 아마 퇴각 명령인 것 같았다.

도망쳐서 태세를 재정비하는 것도 성가시다. 그래서 도망치는 마물들의 등을 사정없이 베어버렸다.

지금 최대한 많은 수를 줄여두고 싶었지만, 등을 보이고 달리는 상대에게 치명상을 입히는 것은 쉽지 않았다. 결국 남은 적의 절반 이상이 도망치고 말았다.

그와 교대하듯 마인이 앞으로 나왔다. 커다란 몸에는 특별히 제작된 것 같은 갑옷을 입고, 양손에는 각각 대검을 쥐고 있다. 움직임을 중시한 것인지 섬세하게 만들지 못한 것인지는 모르겠지만, 관절 부분은 갑옷에 덮여 있지 않고 피부가 드러나 있었다.

이도류인가. 인간의 완력으로는 한 손으로 대검을 다루는 것이 어려웠지만, 마인의 힘이라면 대수롭지 않을 것이다. 알칸도의 마인보다도 크다. 아마도 강적이겠지만, 나와 에프세이 두 사람이 달려든다면 쓰러뜨리지 못할 것도 없었다.

하지만 마인도 그 부분은 알고 있을 것이다. 휘하의 마물들은 아직도 많이 남아 있었다. 녀석들로 우리를 포위해 우리의 사각지대를 찌르려고 할 것이다. 아니면 마차를 노릴 가능성도 있다.

소피아와 니나는 접근전에는 적합하지 않기 때문에 마차의 수비가 부족했다. 나나 에프세이 둘 중 한 명이 도와줘야 했다. 요컨대 마인의 상대는 혼자서 해야 한다는 뜻이었다. 이 근육질의 덩치 큰 보라색 괴물 상대를.

옆으로 시선을 돌리자 에프세이와 눈이 마주쳤다.

"여기서는 리더님의 차례겠지?"

젠장, 나한테 떠넘길 생각뿐이군.

"아니, 지금 생각해 보니 나는 리더가 될 만한 그릇이 아니었어. 이 파티의 리더로는 에프세이가 어울리지 않을까 오래 전부터 생각하고 있었거든."

"안타깝지만 '리더만은 되지 말아라'라는 죽은 아버지의 유언이 있어서 말야. 뒤는 맡기지."

아직 건재한 아버지를 가진 에프세이는 내 대답을 기다리지도 않고 뒤로 물러나 마물들을 견제하러 가버렸다.

뭐, 마인을 상대하는 건 내 역할이니 어쩔 수 없다.

상대가 두 명에서 한 명으로 줄어든 것을 본 마인이 승리자처럼 웃었다. 인간 한 명에게 뒤질 리 없다고 생각한 모양이었다.

나는 장검을 겨눴다. 칼날이 창백한 빛을 발하며 마법의 힘이 깃들어 있음을 보여주었다.

저택 한 채를 지을 수 있을 정도로 값비싼 명품이다. 모험가를 은퇴한 뒤에는 이것을 되팔아 여유로운 생활을 할 예정이었다.

그것도 눈앞의 마인을 쓰러뜨렸을 때의 이야기지만.

"드디어 행차하셨군, 마인 양반. 안색이 상당히 안 좋은 것 같은데 괜찮은 거야? 보라색으로 된 낯빛이 좀 나아질 때까지 집에 가서 쉬는 편이 좋지 않겠어?"

흔하디 흔한 도발이었지만 효과는 있었다.

마인은 눈에 핏발을 세우고는 오른손에 든 대검을 대각선으로 힘껏 휘둘렀다.

가볍게 발을 굴러 뒤로 피했지만, 연달아 왼손의 대검을 옆으로 휘둘러왔다. 이 공격은 검으로 받아내 전력을 다해 땅 쪽으로 흘려보냈다. 보이는 그대로의 완력에 두 팔에 가벼운 저릿함이 느껴졌다.

나는 땅에 박힌 상대의 대검을 발판 삼아 단번에 마인의 목을 노렸다.

마인도 오른손에 든 대검으로 막으려 했지만, 목을 노린 것은 페인트. 진짜 목표는 왼팔이었다.

몸을 회전시켜 갑옷에 덮이지 않은 팔의 관절부를 내리쳤다.

마인의 왼팔에서 인간과 똑같은 붉은 피가 뿜어져 나왔다.

"끄으윽!"

참지 못하고 비명을 내지르며 뒤로 물러서는 마인을 향해 나는 연속해서 두 번 세 번 검을 휘둘렀다.

갑옷이 있어 생각만큼의 대미지를 입히지는 못했지만, 나름대로의 상처는 입혔다. 왼팔은 축 늘어져 있다. 더 이상 쓰지 못할 것이다.

하지만 그렇게 간단하게 끝나지는 않았다.

마인은 분노에 찬 얼굴로 입을 크게 벌렸다. 그 안에서 흔들리는 무언가가 보였다.

순간적으로 옆으로 몸을 날렸다.

그 순간, 푸른 화염이 뿜어져 나와 조금 전까지 내가 있던 자리를 덮쳤다.

브레스다. 효과는 불분명하지만 적어도 건강에 좋아 보이지는 않았다. 시험해 볼 마음조차 들지 않았다.

이어서 마인은 남은 오른손 대검을 곤봉처럼 휘둘렀다. 검으로 받아내면 무조건 팔이 부러질 것이다. 간격을 벌려 그 공격을 피했지만, 또 한 번 브레스가 나를 겨냥했다. 아아, 정신이 하나도 없군.

멀어지면 브레스, 가까이 가면 대검, 귀찮은 상대다. 동료 전원이서 달려들었다면 어떻게든 해치울 수 있었겠지만, 혼자서 상대하는 것은 벅찼다. 첫 공격에 왼팔을 못 쓰게 만든 것이 정답이었다.

뒤쪽을 힐끔 확인하자, 내가 싸우는 사이에 남아 있는 마물들이 마차 쪽으로 향하고 있었다.

에프세이도 마차를 지키면서 싸우는 것은 힘들어 보였다. 소피아와 니나는 마법으로 견제하고 있지만 마차는 거의 포위당한 상황이었다. 안에 타고 있는 상인 가족은 분명 창백하게 질려 있을 것이다. 내가 도와주러 가지 않으면 위험할지도 모른다.

되도록 빠르게 눈앞의 보라색 마인을 쓰러뜨려야 했다.

그런 생각을 하고 있는 사이, 마인의 움직임에 순간적인 틈이 생겼다. 브레스를 하기 위한 예비 동작이었다.

충분히 시간을 끈 다음, 옆으로 회피. 느낌이 좋다. 점점 감이 잡히고 있었다.

그 순간에는 오른손의 움직임도 소홀해진다. 그때를 노리면 된다.

내가 간격을 좁히면 대검이 날아오고, 뒤로 피하면, 브레스.

기본적으로는 이 패턴이다. 그렇다면…….

나는 마인에게 검을 휘둘렀다. 제대로 된 검술조차 익히지 않은 대검이 순수한 폭력이 되어 다가왔다.

이것을 종이 한 장 차이로 아슬아슬하게 피했다. 그리고 브레스의 예비 동작과 동시에 앞으로 파고들었다. 조금이라도 타이밍을 잘못 잡으면 저 푸른 화염의 먹이가 될 것이다.

입을 열려던 마인이 어리둥절한 표정을 했다.

내 움직임에도 불구하고 브레스를 토해냈다면 막상막하의 상황이 됐을지도 모르지만, 그 찰나가 승패를 갈랐다.

나는 검끝으로 마인의 목을 베었다. 그곳에서 검붉은 피와 푸른 화염이 흘러나왔다.

자신이 만든 푸른 화염에 머리가 타들어갔다. 마인의 소리 없는 비명이 입모양을 통해 고스란히 전해졌다.

아직이다. 이 녀석들의 생명력은 인간과는 비교할 수 없다.

아니나 다를까 대검이 옆으로 휘둘러졌다. 자포자기의 공격이지만 맞았다면 즉사. 정말이지 쉽게 승리를 내어주지 않는다니까.

무식한 힘만으로 휘둘러진 엉성한 공격을 도약으로 피하면서, 나는 다시 한번 마인에게 다가갔다.

"짧은 인연이었군."

그리고 혼신의 힘을 다해 그 목을 내리쳤다.

※ ※ ※

마차는 짐칸만큼은 튼튼하게 만들어 놓았지만, 윗부분은 천으로만 덮여 있어 주변 상황을 쉽게 살필 수 있었다.

그럼에도 짐칸에 타고 있는 상인 일가는 눈을 뜨지 않고 있었다.

상인은 아직 어린 딸을 끌어안고, 상인의 아내는 더 어린 아들을 끌어안고 꼼짝도 하지 않았다.

쉴 새 없이 들려오는 마물들의 우렁찬 포효가 상황의 심각성을 대변하고 있었다.

오직 한 사람, 열 살쯤 되어보이는 소년만이 불안한 얼굴로 마차 뒤쪽에 있는 마물들을 멍하니 보고 있었다.

마차 전면에서는 여자 마법사와 성직자가 적들을 막기 위해 싸우고 있었지만, 마물의 수는 줄어들기는커녕 늘어만 가고 있었다.

"이 사람들이 포기하고 도망가버리면, 이제 끝이야."

소년은 다른 사람에게 목숨을 내맡기고 있는 상황에 공포를 느끼고 있었다.

그런 와중, 한 마리의 고블린과 눈이 마주쳤다. 흙으로 빚은 것 같은 피부에 볼품없을 정도로 듬성듬성 난 머리카락. 노란 눈에 핏발이 서 있는 그 모습은 실로 악랄하고 교활해 보였다.

그 손에는 녹슨 단검을 쥐고 있다.

남자아이의 존재를 깨달은 고블린은 주변 동료들에게 말을 걸더니, 그쪽을 향해 손짓했다. '지금부터 가자'라고 말하는 것처럼.

실제로 고블린은 다섯 마리 정도로 무리를 지어 그녀들의 마법의 표적이 되지 않도록 주의하며 서서히 다가오고 있었다. 그 얼굴에는 사악한 미소가 지어져 있었다.

남자아이는 숨을 삼키며 주위를 살펴보았지만, 도망칠 곳은 없었다. 그저 자신의 아이를 감싸기 급급한 상인 부부의 모습을 다시 한번 확인하고, 슬픔을 느꼈다.

고블린들이 다가왔다. 마차 앞쪽에서 밖을 들여다보니 마법사들과 창잡이가 다른 마물들을 필사적으로 막고 있는 상황이라 도움을 청할 수도 없었고 도망칠 수 있는 상황도 아니었다.

마침내 고블린들이 짐칸에 손을 얹었다. 그들은 잔인하게 얼굴을 일그러뜨리고 있었다.

짐칸이 삐걱였다. 그 상황에 상인 일행도 눈을 부릅뜨고 공포에 질렸다.

남자아이는 상인과 눈이 마주쳤다. 그 시선에는 왠지 비난 같은 것이 느껴졌다.

마치 '네가 제물이 되어라'라고 말하는 것 같았다.

정신을 차려보니 고블린이 검을 휘두르고 있었다. 그것은 피할 수 없는 죽음처럼 느껴졌다.

하지만 다음 순간, 고블린의 배에서 검이 튀어나왔다. 그리고 흉악한 난쟁이가 천천히 쓰러졌다.

"어때, 금화 50개의 스릴은 있었지?"

고블린의 뒤에서 나타난 검사가 입가만 웃고 있었다. 온몸이 피투성이에 호흡도 거칠다. 그 표정만큼의 여유가 없다는 것은 확실했다.

"부상이……."

공격하며 묻은 피도 있겠지만, 검사 본인도 다친 것이 분명했다. 조금 전까지 그의 모습이 보이지 않았던 것을 보면 아마 무리해서 여기까지 뚫고 온 것이리라.

"뭐, 우리 성직자한테도 조금은 활약할 기회를 줘야지. 아무 일도 안 하고 보수만 주는 건 좀 열 받잖아? 그러니까 이 정도 부상은 금방 나을 거다. 문제없어."

남자아이는 그저 몇 번이고 고개를 끄덕일 수밖에 없었다.

※ ※ ※

마왕군 일행과 조우한 뒤에는 별다른 문제 없이 엘데리아 지역에 도착했다. 이번 의뢰도 무사히 달성했다.

마물을 마차 안까지 침입하게 놔둔 것이 마음에 들지 않았는지, 의뢰인인 상인은 몹시 못마땅해 보였지만, 덤으로 딸려온 아이에게는 감사를 받았다. 뭐, 이 세상에서는 감사보다 돈이 먼저다. 아이도 금화 50개의 가치가 있었기 때문에 도와준 것에 지나지 않았다.

인접한 나라가 마왕군의 침공을 받고 있음에도 엘데리아의 거리는 북적거렸다. 아니, 침공을 받고 있는 상황이기 때문에 번창하고 있는 것일지도 모른다.

상대가 인간이든 마물이든, 누구에게나 전쟁은 돈이 된다. 몇 번이나 봐 온 광경이지만, 조금 거북했다.

일단 우리는 이 동네에서 제일 맛있는 식사를 먹고, 술을 마시고, 제일 좋은 침대가 준비된 여관에서 잤다. 노숙이 연일 이어진 뒤라 이 격차에는 소소한 행복감이 느껴졌다.

그렇게 며칠을 쉬면서 피로를 푼 뒤, 모험가들이 모이는 술집의 게시판에서 다음 의뢰를 찾았다.

보수가 좋고, 우리가 목표한 방향으로 가며, 목적도 일치하는 그런 의뢰를.

하지만 그렇게 상황에 딱 맞는 의뢰는 쉽게 찾을 수 없었다. 게시판을 끝에서부터 끝까지 꼼꼼하게 살펴보던 중, 구석진 곳에 그 의뢰가 있었다.

신의 인도라고 해야 할까. 조건은 다소 맞지 않았지만, 우리들에게 딱 맞는 일인 것만은 확실했다.

나는 그 종이를 게시판에서 떼어내 술집 주인에게 가져갔다.

그날 밤 예언자가 다시 나타났다.

『왜 돈이 안 되는 의뢰를 택한 거지?』

내가 다음 의뢰로 결정한 것은, 여기서 더 서쪽에 있는 땅 가스탄에 출현한 마물의 토벌이었다.

가스탄에서 나오는 수송 마차가 마물에 습격당했다는 것이다. 전쟁의 영향으로 고갈되기 쉬운 곡물을 수송하고 있는 탓에 병사까지 호위로 붙여둔 것 같은데, 훌륭하게 전멸하고 말았다.

높은 위험도에 비해 제시된 보수는 낮아 솔직히 노력에 걸맞지 않았다.

그래서 다른 모험가들이 누구 하나 맡지 않은 의뢰였다.

"돈이 되니까. 이런 건 협상하기 나름이야. 아마 가스탄 사람들은 상당히 곤란한 상황일 거야. 보수 인상에 응할 수밖에 없겠지."

『더 비싸고 좋은 의뢰도 있었을 텐데.』

"이거 놀랍군, 예언자께서 의뢰 선정까지 해 주는 건가? 우리 전속으로 의뢰 중개라도 맡겨야 하나?"

나의 빈정거림에도 예언자는 동요하지 않고 말했다.

『서쪽으로는 가지 마라.』

"어디를 가든 우리 자유야."

『……뭘 숨기고 있는 거지?』

“숨겨? 네가 할 소리인가? 예언자.”

나는 예언자의 얼굴을 손가락으로 가리켰다.

“정체도 뭣도 밝히지 않고, 그저 사람을 뒤에서 조종하려고 하는 녀석이 잘도 그런 말을 지껄이는군.”

『그건…….』

예언자의 모습이 흔들렸다. 마술적인 무언가로 투영하고 있는 허상이겠지만, 정신적인 부분에도 영향을 받는 건가?

“말해 두겠지만 난 널 믿지 않아. 네가 진짜 예언자라는 것을 증명할 만한 게 아무것도 없으니까. 알았으면 빨리 내 앞에서 사라져. 용사라면 다른 사람을 찾아보라고. 가능성 있는 녀석이라면 얼마든지 차고 넘치잖아? 검성 레온, 성녀 마리아, 대현자 솔론. 이 녀석들은 누구나 다 아는 천재다. 왜 그런 녀석들을 선택하지 않는 거지? 왜 나를 선택하려는 거지? 네 선택은 누가 봐도 이상해.”

나는 검을 뽑아 들고 예언자에게 들이댔다.

“대답해. 넌 누구지?”

상대는 환영이지만, 내 검은 어쨌든 마법의 힘을 띠고 있었다. 벤다면 어떤 식으로든 영향을 줄 가능성도 없진 않았다.

진짜든 가짜든, 어느 쪽이라 해도 계속 날 따라오게 놔둘 순 없었다. 이 정도로 위협하면, 언제나처럼 자취를 감추고 두 번 다시 내 앞에 모습을 드러내지 않겠지.

『……나는 아무것도 아니다.』

예상과 달리 예언자는 사라지지 않았다. 다만 그 목소리에 평소와 같은 위엄은 없었고, 묘한 불안감이 느껴졌다.

“아무도 아니라고? 넌 예언자가 아닌 건가?”

『예언자는 맞다. 하지만 나에게는…….』

예언자의 얼굴과 목소리는 남자인지 여자인지 구분할 수 없었다. 나이가 어린지 늙은지도 알 수 없다. 하지만 지금은 그 분위기만으로도 뭔가 망설이고 있다는 것을 알 수 있었다.

검이 겨눠진 상태에서 예언자는 한동안 침묵을 지켰고, 잠시 후 사라졌다.

그 녀석은 다시 모습을 드러낼 것이다. 그런 확신만은 있었다.

저는 성직자로서 유랑민들을 지원하는 활동을 하고 있었습니다.

마왕군의 침공으로 인해 살던 땅을 잃은 사람들이 날로 늘어갔고, 누군가는 그들을 도와야했기 때문입니다.

활동 초기에는 다양한 나라들로부터 지원을 받을 수 있었지만, 전황이 악화되면서 모든 나라가 자신의 일만으로도 벅찬 상황이 되었고, 그러면서 도움의 손길은 점점 줄어들었습니다. 지금은 유랑민을 받아주는 나라도 없고 충분한 식량도 없어 내일조차 장담할 수 없는 상황까지 내몰리게 되었습니다.

그럴 때 제 앞에 모습을 드러낸 것은, 한 쌍의 남녀였습니다.

남자 쪽은 험상궂은 눈빛으로 유랑민들을 노려보며, 여자 쪽은 엄청난 유랑민의 수에 당황한 얼굴로 저에게 다가왔습니다. 남자는 처음 보는 얼굴이었지만, 여자 쪽은 어디선가 본 것 같은 느낌이 들었습니다.

"네가 니나인가?"

그렇게 물은 남자는 무심하게 자른 듯한 금발에, 키는 그리 크지 않지만 잘 단련된 몸과 번뜩이는 눈빛을 갖고 있었습니다.

"맞습니다만, 당신들은 누구죠?"

"난 레너드다."

"난 소피아야."

여성 쪽은 안경을 쓰고 있었고, 보랏빛이 감도는 긴 검은 머리가 인상적인 아름다운 사람이었습니다. 실제로 그녀는 유랑민 남성들의 눈길을 끌고 있었습니다.

"그래서, 저한테 무슨 볼일이시죠?"

"그냥 얘기 좀 하고 싶어서."

레너드라고 자신을 소개한 남성은 경박한 미소를 짓고 있었습니다.

이런 이야기라고 하면 몇 가지 떠오르는 것이 있었습니다. 전쟁으로 성직자의 수가 부족하니 자국의 군에 참여해 달라는 제안. 또는 성직자로서 모험가의 파티에 참여해 용병처럼 의뢰를 맡아 전쟁터에서 돈을 벌자는 권유.

그들은 전형적으로 후자처럼 보였습니다.

"모험가를 권유하는 거라면 거절하겠습니다. 지금의 저는 여기 계신 분들을 돕느라 정신이 없어서 다른 일에는 신경 쓸 여유가 없습니다."

저는 근처에 주저앉아 있는 사람들에게 시선을 돌렸습니다.

세상에서는 유랑민이라고 불리며 멸시를 받는 사람들입니다. 살 곳도 없고, 먹을 것도 없어서 모든 것에서부터 버림받은 존재.

"바보냐, 너?"

레너드는 미간에 깊은 주름을 만들었습니다.

"네가 곁에 있든 없든 이 녀석들은 이미 막다른 곳에 몰렸어. 어쩔 수 없다고. 이대로 간다면 모두 함께 죽을 뿐이야. 그런 것에 무슨 의미가 있지?"

"이건 제가 하고 싶어서 하는 일입니다. 거기에 의미 따위는 필요하지 않습니다."

"자기만족인가."

레너드가 어깨를 으쓱했습니다. 남을 조롱하는 듯한 몸짓. 나중에 알게 된 사실이지만, 이는 그의 버릇이나 다름없는 것이었습니다.

"결국 넌 진심으로 구원할 마음이 없다는 거잖아. 당장 눈앞에 있는 것에 손을 내밀어서 그저 만족스러운 기분을 느끼고 있는 것뿐이지? 거지 같군."

정제되지 않은 직설적인 말투. 그것은 사실이기도 했고, 제 아픈 곳을 찌르는 말이기도 했습니다. 만나자마자 이렇게 심한 말을 하는 사람은 지금까지 본 적이 없었습니다.

"돌아가 주시겠어요? 불쾌합니다."

그렇게 말하고 저는 레너드에게 등을 돌렸습니다.

"잠깐만! 내 말 좀 들어봐!"

소피아라는 여자가 황급히 저에게 말을 걸어왔습니다.

"내 얼굴, 기억 안 나? 직접 대화한 적은 없지만, 10년 전에 마리카에서 같이 싸웠는데……."

그 말을 듣고 어렴풋이 기억이 떠올랐습니다. 마리카 전투에서 제가 참가했던 의용군 중에, 동갑 정도의 아직 젊은 마법사 소녀가 있었다는 사실을요.

확실히 그 아이도 안경을 쓰고 있었고, 길고 예쁜 검은 머리를 갖고 있었습니다. 다만 각자 맡은 장소가 달랐기 때문에 그 싸움에서 어떻게 되었는지까지는 알지 못했습니다.

"기억하고 있어요. 살아계셨군요……."

저도 모르게 뺨에 눈물이 흘렀습니다. 그 싸움에서 살아남은 사람을 만난 것은 이번이 처음이었기 때문입니다. 의용군은 전멸했다고 알려져 있었고, 살아남은 것은 저 혼자라고 생각했습니다.

"울 필요도 없는 일이야. 그저 죽은 척하고 꼴사납게 살아남았을 뿐이니까."

우스갯소리처럼 그렇게 말한 소피아의 눈도 역시 촉촉했습니다.

"이 바보가 한 말은 내가 대신 사과할게."

그렇게 말한 소피아는 레너드의 뒤통수를 때렸습니다. 맞은 레너드는 머리를 긁적이며 불만스러운 표정을 지어 보였습니다. 그 모습이 조금 우스워서, 생각보다 나쁜 상황은 아닐지도 모른다는 생각이 들었습니다.

"잠깐 옛날 이야기 좀 나누지 않을래? 가능하면 다른 사람이 없는 곳에서."

주위의 눈을 신경 쓴 소피아가 그렇게 제안해 왔습니다. 그녀의 말대로 지금의 우리는 유랑민들의 주목을 한몸에 받고 있었습니다.

"……알겠습니다. 그럼 이쪽으로 오세요."

저는 낡은 저의 텐트로 그들을 초대했습니다.

"본론부터 말하자면 우리는 널 동료로 초대하기 위해 왔어."

텐트 안으로 들어가자마자 소피아가 말을 꺼냈습니다.

“아까도 말씀드렸다시피 불가합니다. 저는 그들과 계속 함께 지내왔습니다. 이제 와서 저만 다른 곳으로 갈 수는 없습니다.”

“그들이 어쩔 수 없는 상황이라는 걸 알면서도 계속 함께 있겠다는 건가? 그게 도망이랑 뭐가 다르지?”

동료로 삼으러 왔다고는 믿기 어려울 정도로 레너드의 태도는 냉정했습니다.

“넌 입 다물어.”

또다시 소피아가 머리를 때리려고 하자, 이번에는 레너드가 피했습니다. 그것은 마치 오랜 세월 함께한 부부 같아서 조금 흐뭇해 보이기도 했습니다.

헛스윙을 해 버린 소피아가 혀를 차더니 다시 제게 이야기를 꺼냈습니다.

“뭐, 네 입장에서는 그렇겠지. 하지만 일단 이야기를 좀 나누자. 서로에 대해 말야.”

그렇게 말한 소피아는 자신의 이야기를 시작했습니다.

원래는 귀족이었다는 것. 그것이 싫어서 모험가가 되었다는 것. 마리카 전투에서 레이라는 마법사에게 구원을 받았다는 것. 그리고 약방을 운영하던 중 레너드에게 끌려 나왔다는 것.

“내 시간은 마리카 전투 이후로 멈춰 있었고, 어디로도 나아가지 못하고 있었어. 이 녀석은 밉살맞은 녀석이긴 하지만, 내가 다시 한번 발을 내딛는 계기를 만들어줬어. 겉보기만큼 나쁜 녀석은 아니야, 아마.”

소피아는 장난스럽게 미소 지었습니다.

"알겠습니다. 그럼 제 이야기도 들려드릴게요. 그 후에 루크의 이야기도 조금은 들려드릴 수 있을지도 모르겠네요."

루크의 이름을 들은 레너드의 표정이 진지하게 변했습니다.

"저는 상인의 딸로 태어났습니다. 나름대로 부유한 가정에서 자랐고, 부모님은 신앙심이 깊고 상냥한 사람들이었죠. 그 영향으로 저도 어릴 때부터 신을 믿고 기도하며 하루하루를 보냈습니다. 어느 정도 나이가 차서 정식 기도 예절을 배우게 됐을 때, 전 기도를 위해 맞잡은 손 안에 빛이 깃들어 있는 것을 발견했습니다. 그것은 아주 작은 빛이었지만, 신의 기적이었습니다. 저에게는 성직자의 재능이 있었던 거죠."

"이놈이고 저놈이고 재능이 차고 넘치는 놈들뿐이군."

지긋지긋한 말투로 레너드가 말했고, 소피아가 그를 노려보았습니다.

"맞아요. 전 성직자로서의 재능을 타고났습니다. 이래 봬도 성녀 후보로 거론된 적도 있었답니다. 제 소소한 자랑거리죠."

현재의 성녀는 마리아라는 소녀라고 알려져 있습니다. 만난 적은 없지만 분명 청렴하고 자애로운 훌륭한 인물이겠죠.

"그 성녀 후보가 왜 마리카 전투에 간 거야?"

소피아가 고개를 갸우뚱했습니다. 그녀는 모험가였기 때문에 마리카 전투에 나간 것이지만, 저는 그렇지 않았기 때문이었습니다.

"그래야 한다고 생각했으니까요. 마왕군과 싸우고 사람을 구하는 것이야말로 신의 뜻이라고 저는 생각했습니다."

"신의 뜻이라……."

레너드는 허무한 표정을 짓고 있었습니다.

"그래서, 니나는 마리카 전투에서 어떻게 살아남은 거야?"

소피아의 질문에 저는 한숨을 내쉬었습니다.

"그렇죠. 소피아가 아까 말했던 대로, 그건 정말 끔찍한 전투였습니다. 회복을 담당하고 있던 저에게도 마물들이 다가오기 시작해서, 결국 스스로 로드를 휘두르며 싸워야 하는 지경에 이르렀을 정도였어요. 그러던 중, 저도 루크의 모습을 목격했습니다. 번개처럼 적을 베어버리는 그 모습은 다른 모두를 압도했고, 그가 검을 한 번 휘두를 때마다 마물들은 속절없이 쓰러져 나갔습니다. 그 마인조차 루크 앞에서는 겁을 먹은 것처럼 보였습니다. 다만……."

저는 소피아의 안색을 살짝 살폈습니다.

"늘 가까이에 함께 있었던 레이의 모습은 이미 없었고, 계속 혼자서 싸우고 있더군요."

꿀꺽, 소피아가 침을 삼키는 소리가 들렸습니다. 그녀가 알고 싶어 하던 루크의 뒷이야기였기 때문이겠죠.

"다른 모험가들 대부분이 쓰러진 와중에 홀로 계속 싸워나가는 루크의 모습은 그야말로 용사 그 자체였습니다. 하지만 아무런 도움 없이 무사할 수 있을 리가 없었죠. 그는 적의 피와 자신의 피로 온몸이 검붉게 물들어 있었고, 완전히 만신창이였습니다. 전 생각했죠. 지금이야말로 내 힘이 필요할 때라고. 그에게 신의 기적을 전해야만 한다고——."

"……그래서 어떻게 했어?"

잠시 침묵한 나에게 소피아가 그 뒤를 재촉했습니다.

"아무것도 하지 않았습니다."
"뭐?"
소피아는 놀랐고, 레너드는 얼굴을 일그러뜨렸습니다.
"다리가 떨려서 움직일 수 없었습니다. 저는 어느새 전장이라는 공포에 사로잡혀, 무서운 마인들에게 두려움을 느끼고 있었던 거예요. 그래서 더 이상 앞으로 나아갈 수 없었습니다. 그 결과, 저는 루크를 외면해 버리고 말았어요."
그것이 제가 두 번 다시 전쟁터에 가지 않는 이유였습니다. 진짜 저는 사실 겁쟁이라서, 중요한 상황에서는 아무것도 하지 못했습니다.
"어쩔 수 없잖아. 나도 너도 젊었으니까."
소피아가 건넨 위로의 말은 제 마음에 깊이 와닿았습니다. 비슷한 경험을 했기 때문에 이해할 수 있는 감정이라는 거겠죠.
"그래서…… 루크는 어떻게 됐지?"
레너드가 딱딱한 목소리로 물었습니다. 루크의 동료였다는 그는 그 후의 일이 궁금한 모양이었습니다. 그 정도의 난전이었으니, 레너드가 루크의 모습을 놓친 것도 어쩔 수 없는 일이었겠죠.
"혼자서 적진 속으로 달려들었습니다. 아마도 루크는 마물들을 지휘하던 마인을 노렸던 거겠죠. 열세가 분명한 그 상황에서는 그것 말고는 이길 방법이 없었으니까요. 저는 그저 그 모습을 바라보고만 있었습니다."
"그렇군……."
뜻밖에도 레너드는 저를 비난하지 않았습니다. 오히려 루크와 행동을 함께하지 못한 자신을 탓하듯이 고개를 숙였습니다.

"니나는 그 후에 어떻게 됐어?"

마음을 써준 것인지 소피아가 그렇게 물었습니다.

"저는 마인의 무자비한 칼에 베였습니다. 어깻죽지부터 가슴까지."

그 상처를 덧그리듯 저는 어깨에서 가슴을 손으로 쓸었습니다.

"그런데 어떻게 살아난 거야?!"

소피아는 눈을 동그랗게 떴습니다.

"저에게는 성직자로서의 재능만큼은 있었거든요. 칼에 베여 쓰러진 후, 저는 무의식적으로 신의 기적을 일으켜 제 상처를 치유했습니다. 나중에 전장에 도착한 왕국군에 의해 구출되었을 때 이미 제 상처는 거의 아문 상태였다고 하더군요. 왕국군에 동행했던 사제님께는 칭찬을 받았습니다. '역시 자신의 의지로 마리카에 참가할 만한 실력은 있었구나' 하고요."

저는 고개를 저었습니다.

"말도 안 되는 착각입니다. 저는 루크를 버리고 제 목숨만을 구한 비겁한 여자일 뿐입니다. 그래서 적어도 앞으로는 남을 위해 살고 싶어서 유랑민들을 돕고 있는 겁니다. 누군가의 동료가 되어 싸우는 것은 불가능합니다."

저는 눈을 감고 이것으로 제 이야기가 끝났음을 알렸습니다.

"웃기는 소리 마. 다리가 떨려서 못 움직였다면 다음에는 움직이면 되는 거잖아."

그런 저에게 레너드가 다가왔습니다.

"한 번 실패하면 그걸로 다 끝인가? 두 번째 기회는 없는 건가? 그동안 얼마나 완벽한 인생을 살아왔길래?"

레너드의 그 말은 매우 직설적이었고, 그의 말에서는 분노와 슬픔이 느껴졌습니다.

"왜, 당신은 그렇게 슬퍼하는 거죠?"

"슬퍼하는 게 아냐. 너처럼 도망만 치고 있는 인간에게 화가 나는 것뿐이지. 한 번 더 싸워라, 니나. 넌 정말 이렇게 끝나도 좋은 거냐?"

──좋을 리가 있을까요. 그것은 저도 알고 있는 사실입니다. 그때, 다른 사람을 위해 싸우겠다고 생각한 제 마음에는 거짓이 없었으니까요. 그리고 이대로 세계의 고통에서 눈을 돌려버린다면, 루크를 비롯해 죽어간 다른 사람들에게도 얼굴을 들 수 없을 겁니다.

저는 텐트 밖으로 나와 함께 이곳까지 온 유랑민들에게 눈을 돌렸습니다.

모두가 불안한 얼굴로 저희들 쪽을 보고 있었습니다.

"……그래도 저는 이 사람들을 버릴 수 없습니다."

그것 또한 제 진심이었습니다.

"네가 옆에 있더라도 함께 도망치는 것 말고는 아무것도 못 해. 다 헛수고라고. 그들을 모두 구하려면 몸으로 돈을 버는 편이 훨씬 더 건설적이지."

저는 놀라서 눈을 크게 떴습니다. 이 사람은 대체 저에게 뭘 시킬 생각인 걸까요? 소피아도 분노한 얼굴로 레너드를 노려보았습니다.

"아니, 아니야. 그런 뜻이 아니라."

레너드가 황급히 말을 부정했습니다.

"사람을 구하는 데에도 돈이 필요하다는 이야기야. 사람 목숨도 돈으로 살 수 있어. 넌 그걸 위해서라도 모험가로 돌아가야 해."

"모험가의 보수가 아무리 높다 해도 이 인원을 다 구할 수 있을 것 같지는 않은데요?"

아무리 보수가 좋더라도 한도라는 것이 있을 테니까요. 이 많은 사람을 감당할 수 있을 리가 없습니다.

"10배."

레너드가 사악한 미소를 지어 보였습니다.

"나는 다른 모험가들보다 10배는 더 벌 수 있어. 그뿐만이 아니야. 그 보수로, 내가 이 사람들을 모두 구해 주마."

그것은 마치 악마의 권유처럼 느껴졌습니다.

가스탄은 곡창지대로 유명한 땅이었다.

수확된 곡물을 다른 지역으로도 수출하고 있어 인근 국가에 일대 공급지가 되어주고 있었다.

그 가스탄에서 운반되는 곡물이 마왕군의 표적이 되었다.

나는 도착하자마자 의뢰인인 촌장에게 교섭을 시도하러 갔다.

촌장의 집은 다른 마을 사람들의 집보다는 조금 더 나았지만, 여전히 초가집 정도의 검소한 집이었다. 내가 앉은 의자나 테이블에서도 오랜 세월의 흔적이 느껴졌다. 그들의 생활이 그리 여유롭지 않다는 것이 여실히 드러났다.

"기사건 모험가건 누가 봐도 구미가 당기지 않는 제안이니까. 그 보수만으로는 아무도 의뢰를 맡지 않을 거야. 보수를 10배로 늘려주면 우리가 마물을 쓰러뜨려 줄 수 있는데, 어때?"

마왕군의 침공은 아직 가스탄까지는 미치지 못했다. 하지만 중요한 식량의 공급원으로서 가스탄을 통한 수송로를 차단하고 싶은 거겠지.

역시 마인들이다. 인간이 싫어하는 짓을 정확히 노려서 해온다.

"하지만 지금 이 마을에는 돈이 거의 없습니다. 수확된 곡물은 값싸게 팔려 전쟁터의 식량이 되고 있는 상황이라, 저희에게도 여유가 없습니다."

촌장……이라고 해도 그저 평범한 노인과 다를 바 없는 모습을 하고 있었다. 손도 얼굴도 오랜 세월 일해 온 사람 특유의 깊은 주름이 패여 있었다. 그 말에 거짓말은 없으리라.

'인간을 위해 싸우고 있는 거다!'라고 말하면 이 마을도 저렴한 값에 곡물을 팔 수밖에 없다. 흔히 있는 이야기다. 명분이 있다면 그런 억지도 통하게 마련이다.

다만 사실상 인간 측이 전투에서 패하고 마왕군이 이곳까지 쳐들어온다면 이 마을의 밭은 성대하게 불타고 말 것이다.

"보수는 곡물으로 받을 거니까 문제없어. 나한테 상인 쪽 연줄이 있거든. 국가보다 훨씬 더 비싼 가격에 매입할 수 있을 거다."

"하지만 그렇게 되면 국가에 공급할 수 있는 양을 확보할 수 없을지도 모릅니다."

성실한 할아버지다. 귀족들에게는 이상적인 농민이겠지.

"간단한 얘기야. 수송하는 동안 마물에게 당한 걸로 처리하면 돼. 그 몫을 내가 받아가지. 그거면 문제없겠지?"

"횡령을 하란 말씀입니까?!"

순진해 보이는 촌장은 믿을 수 없다는 표정으로 하늘을 우러러보았다.

"어느 쪽이든 내가 호위해 주지 않으면 마물에게 당할 뿐이라고. 계속해서 공격을 받든가, 아니면 빼돌리는 걸 눈감아주든가, 원하는 쪽을 선택해."

촌장은 머리를 감싸 쥐었다.

이러니까 마치 내가 나쁜 짓을 하고 있는 기분이었다. 마음이 쓰라리다.

"촌장님, 잘 생각해 봐. 내 제안을 거절하면 여기 곡물은 수송 중에 계속 습격을 받게 될 거야. 그 누구도 행복해질 수 없다고. 빼앗은 곡물을 먹어치울 마물들 외에는 말야. 게다가 그 마물들은 조만간 언제 올지도 모르는 마차를 기다리는 게 귀찮아질 수도 있어."

"……그게 무슨 뜻입니까?"

촌장이 어두운 낯빛으로 물었다.

"마물이 가스탄을 직접 덮치려고 할지도 모른다는 뜻이야. 마물들과 싸우고 있는 병사들도 보급이 막히면 배가 고파서 움직임이 둔해지겠지. 그렇게 되면 마왕군은 더 자유롭게 움직일 수 있게 될 거다. 일일이 마차를 기다릴 필요도 없이 아예 밭을 불태워 버리자는 이야기가 나올 수도 있다고. 나 같으면 그렇게 할 거야. 당신도 그렇게 하지 않겠어?"

"그것은……."

나의 불행한 예언을 부정할 만한 말을, 촌장은 찾지 못했다.

잠시의 침묵 후, 지친 노인은 내 제안을 받아들였다.

※ ※ ※

그날 밤 내가 묵고 있던 방에 또다시 예언자가 나타났다.

몇 번이나 쫓아내도 계속 찾아온다. 정말 끈질긴 녀석이다.

『왜 부당한 보수를 요구하는 거지?』

예언자는 말에 감정을 거의 싣지 않는 스타일이었는데, 그 어조는 약간 화가 난 것처럼 들렸다.

"부당하지 않아. 정당한 보수다. 불만이 있으면 네가 하든가. 공짜로 말이야. 촌장님이 아주 좋아하시겠군. 이 나라 사람들도 다 좋아하겠지. 불행해지는 건 너와 마물뿐이야. 인간도 아닌 것들끼리 싸워준다고 하니 인간들에게 나쁜 장사는 아니지."

『……나에게 그런 힘은 없다.』

"뭐야? 그럼 넌 네가 하지도 못하는 일을 우리한테 시키는 건가? 그것도 쥐꼬리만한 보수로? 네 본업은 공짜로 설교나 하고 다니는 신부님이라도 되나?"

『나는 신부가 될 수 없다. 그럴 자격이 없다.』

그 목소리는 약간 떨리고 있었다.

"계속 변명뿐이군. 할 수 있느냐 없느냐가 아니라, 일단 네가 먼저 해 보라고. 잘난 척은 그 후에나 하고. 입에 발린 말만 하는 인간을 누가 신용할 수 있겠어?"

『……예언자는 용사를 이끄는 존재. 그 외의 일은 할 수 없다.』

예언자의 목소리가 점점 작아졌다.

"단정 짓지 마. 본인의 가능성을 부정하지 말라고. 망령 같은 모습을 하고 있지만, 열심히 노력하다 보면 혹시 인간이 될 수 있을지 어떻게 알아?"

나는 어깨를 으쓱했다. 당장이라도 이 무의미한 대화를 끝내고 자고 싶었다.

"그 후에는 모험가라도 돼서 동료를 모으면 마왕을 쓰러뜨리러 갈 수도 있겠지. 수명만 짧고 그다지 권하고 싶은 인생은 아니지만 말야. 하지만 그게 너의 이상이겠지?"

『난 망령이 아니다. 너와 같은 인간이다. 이제 와서 모험가가 되는 건 불가능해. 난 아무것도 할 수 없다.』

예언자는 나의 농담을 진담으로 받아들이고 있는 것 같았다.

인간? 예언자는 인간이었던 건가? 나는 약간 흥미가 생겼다.

"무슨 말이야? 이런 곳에 환상을 날릴 수 있을 정도라면 대단한 마법사라도 되는 거 아냐? 달리 더 할 수 있는 일이 있을 텐데?"

『다른 것은 아무것도 할 수 없다. 이것뿐이다.』

"진심이야?! 그저 상대에게 환상을 보여주고, 용사로 만들어내는 게 예언자의 일이라고? 말해 두겠는데 난 용사 따위는 되지 않을 거야. 완벽하게 선택할 상대를 잘못 골랐다고. 그렇게 되면, 이제 여기서 인간은 멸망하는 건가? 좀 더 성실하게 일하는 게 어때? 일단은 너도 같은 인간이잖아?"

아무래도 이 예언자는 진짜인 것 같았다. 내가 경계하고 있는 상대였다면 이런 말은 하지 않았겠지.

다만 어느 쪽이든 나에게는 더는 마왕을 쓰러뜨릴 정도의 힘은 없었다. 나이도 이미 서른이 넘어 더는 자신의 힘이 성장하지 않는다는 것도 알고 있었다. 애초에 자신에게 용사가 될 자격 따위는 없었다.

『진지하게 하고 있다! 몇 번이고 몇 번이고 반복하고 있다!』

그렇게 외친 예언자는 그대로 사라져버렸다.

일단 나는 잠은 잘 수 있게 된 것 같았다. 그런데 '몇 번이고 반복하고 있다'라는 게 무슨 뜻이지?

※ ※ ※

다음 날 우리는 가스탄에서 출발한 마차 한 대에 몸을 숨겼다.

기분은 마치 출하되는 소 같았다. 물론 향하는 곳은 도축장이 아닌 마물들이 기다리는 지옥이지만, 결국은 비슷할지도 모른다.

"숨을 필요가 있었나?"

평소에는 말수가 적은 에프세이가 마음에 들지 않는다는 얼굴로 말했다. 곡물을 나르기 위한 허술한 마차다. 그렇게 오래 머물고 싶지 않은 마음은 이해했다.

"만일을 위해서야. 마물들도 편하게 처리할 수 있는 마차를 덮치고 싶을 테니까. 우리 같은 실력자가 보란 듯이 호위하고 있으면 겁을 먹고 덮치지 않을지도 모르잖아?"

"레너드는 이상한 데서 진지하다니까. 정말 돈을 위해서라면 뭐든지 하는구나."

소피아도 마차의 승차감이 별로 마음에 들지 않는 모습이었다.

"돈을 위해서라면 뭐든 할 수 있지. 돈이 없으면 아무것도 할 수 없으니까. 세상은 돈이 전부야. 소피아도 결혼한다면 돈이 많은 상대가 좋을 거 아냐? 설마 상냥한 성격을 보고 고른다는 소리는 하지도 마. 그런 꿈을 가질 나이도 지났잖아."

"돈을 가지고 있어도 씀씀이가 헤프면 아무 소용 없어."

소피아가 나를 조롱했다.

그 말에는 반박할 말이 없었다. 확실히 내 씀씀이는 칭찬받을 만한 것은 아니었다.

"저는 상대방의 인품을 보고 고를 거예요."

드물게 니나가 대화에 끼어들었다. 평소에는 잠자코 있는 경우가 많은데, 결혼 상대에 관해서는 나름의 신념이 있는 것일까.

"그럼 내가 딱이네. 아마 이 중에서는 가장 마음이 깨끗할걸."

"네 어디가 깨끗하다는 거지?"

에프세이가 쓴웃음을 지었다.

"네 마음이 깨끗한 거면 세상에 더러움 따윈 존재하지 않을걸."

소피아가 코웃음을 쳤다.

"그렇죠……."

니나만이 진지한 표정을 짓고 있었다.

"레너드는 분명 깨끗한 사람이라고 생각해요. 안타깝게도 제 결혼 상대는 될 수 없겠지만요."

그렇게 말하며 미소 지은 니나의 얼굴은 마치 소녀처럼 순수하고 사랑스러웠다. 실제 나이는 서른이 넘었지만.

예상 밖의 대사에 나는 아무 말도 할 수 없었다. 그 순간, 마차가 갑자기 멈춰섰다.

"손님인가?"

에프세이가 마차 바닥에 두고 있던 창을 집어들었다.

"가볼까."

나는 위장용으로 쌓아두고 있던 짐을 걷어차고 밖으로 나갔다.

마차가 멈춰선 곳은 숲속의 길. 뭐, 인간이 살지 않는 장소라면 대체로 숲이나 황야겠지만. 근처에는 똑같이 짐을 실은 마차가 열 대 정도 나란히 서 있었다. 마물들에게 습격당한 것 같지는 않았다.

선두 마차 쪽으로 시선을 돌리자, 길 끝이 쓰러진 나무에 의해 막혀 있었다. 아마 마왕군의 소행일 것이다. 흔한 수법이긴 하지만 효과는 좋았다.

마차의 마부들이 당황하고 있었다.

"이제 곧 무서운 마물들이 몰려올 텐데? 목표는 마차의 화물이다. 빨리 도망치는 게 좋을걸? 우리는 너희를 지켜줄 마음은 전혀 없으니까."

그 말에 거짓말은 없었다. 사람을 지키면서 싸우는 것은 비효율적이며 승산도 떨어진다. 우리의 목적은 마물들의 토벌이지 짐이나 마부를 지키는 것이 아니었다.

내 목소리를 들은 마부들이 차례차례 마차에서 내려 허둥지둥 도망쳤다.

"소피아, 주위 탐색을 부탁해."

짐칸에서 간신히 내려온 안경 쓴 마법사에게 내가 말했다.

"이미 하고 있어!"

소피아는 이미 탐지 마법을 사용하고 있었던 모양이다. 눈치가 빨라 도움이 된다.

"앞쪽 숲속에서 반응이 있어. 수는 20에서 30 정도야. 좌우에서 포위할 생각인 것 같아."

탐지를 마친 소피아가 신속하게 보고했다.

"나는 오른쪽을 맡을게. 에프세이, 왼쪽을 부탁해."

달리기 시작하자마자 숲속에서 익숙한 마물들이 모습을 드러냈다.

주로 고블린이지만 오거도 몇 마리 섞여 있었다.

무작정 마차에 달려들려던 고블린 한 마리를 베어서 쓰러뜨렸다. 마물들의 주의가 단번에 이쪽으로 향하며, 나를 에워싸려는 움직임을 보였다.

거기에 소피아의 번개 마법이 발사되었다.

몸을 관통하는 전기 공격에 비명을 지르며 방황하는 마물들. 그것을 신경 쓰지 않고 나는 녀석들을 맨 끝에서부터 계속 베어나갔다. 왼쪽에서는 에프세이가 같은 일을 하고 있을 것이다.

한동안 싸움을 이어간 끝에 덮쳐온 적들은 대부분 처치했지만, 당연히 이것으로 끝은 아니었다. 이 정도 수에서 끝났다면 지금까지 따라붙었던 호위병이나 모험가로도 충분하다.

후방에서 말의 울음소리가 들려왔다. 진짜는 저쪽인 모양이다.

"회복을 부탁해."

니나는 말없이 고개를 끄덕였고, 나와 에프세이에게 회복을 걸어주었다. 상처는 거의 입지 않았지만 피로는 쌓인다. 회복을 받느냐 안 받느냐에 따라 이후의 싸움이 완전히 달라진다.

마차 대열의 맨 뒤까지 돌아가자 마물들의 무리가 다가오는 것이 보였다.

※ ※ ※

'싸움이 시작됐어…….'

그림자에 의식을 연결한 예언자가 본 것은, 마물들과 싸우는 레너드 일행의 모습이었다.

지금까지 수십 명의 용사 일행을 이끌어 왔지만, 레너드에게는 뛰어난 힘은 없었다.

검 실력만으로 말하자면 검성 레온의 발끝에도 미치지 못할 것이다. 다만 파티로서의 강함은 상당했다. 연계가 잘 이루어지고 있었다.

평소의 대화를 들어보면 그렇게 사이가 좋아 보이지는 않는데, 막상 전투가 시작되면 그들은 깔끔한 연계를 보여주었다. 그렇다고 해서 레너드의 파티가 마왕을 쓰러뜨릴 수 있느냐 하면 가능성은 희박해 보였다.

'더는 나도 모르겠다.'

예언자는 피곤했다. 처음 이끌었던 레온 때는 말 그대로 최대한 의식을 환영과 연결하여 조금이라도 더 자신이 할 수 있는 일이 없을까 고민했다.

하지만 할 수 있는 일이라곤 거의 없었다.

예언자로서 용사 일행의 신뢰를 얻기 위해 미래에 일어날 일들을 알려준 것 정도였다.

게다가 상황이 달라지면 미래도 달라지기 때문에 완전한 것도 아니었다. 그때마다 자신의 무력함을 절감했다. 자신은 어차피 그림자일 뿐이라며.

이끌었던 용사 일행에게 미움을 산 적도 적지 않았다.

"네 말을 믿은 것 때문에……!"

그렇게 저주 같은 말을 남기고 죽어간 이들도 있었다.

변명의 여지는 없었다.

그들은 '자신이야말로 예언자의 인도를 받아 마왕을 쓰러뜨릴 용사다'라고 굳게 믿고 있었을 테니까.

지금까지의 역사가 그랬으니 그렇게 생각하는 것도 무리는 아니었다.

그러나 실상은 다르다. 예언자가 여러 차례 시행착오를 겪은 끝에 마왕을 쓰러뜨린 자만이 용사로서의 자격을 얻게 된다. 누가 용사인지는 예언자 본인도 모른다.

시간을 되감아 세계를 다시 시작하게 만드는 『세계편찬』. 그 횟수가 열을 넘겼을 즈음부터, 예언자가 환영과 의식을 연결시키는 시간이 줄어들기 시작했다.

겨우 열 번. 그러나 한 번의 『세계편찬』에 소요되는 시간은 장장 10년에 이른다. 열 번을 반복하면 백 년이 넘는 세월이 된다.

예언자의 정신력은 오히려 경탄받아 마땅할 정도였다.

하지만 그곳에는 그 누구의 찬사도 없다. 모두가 모든 것들을 잊고, 오직 예언자만이 기억한다.

다시 시작하는 것이기 때문에 육체가 피로해지는 것은 아니었지만, 정신은 마모되어 갔다. 조금씩 예언자가 환영을 통해 용사를 이끄는 시간이 줄어드는 것은 당연했다.

레너드가 칼을 휘두르며 마인과 싸우고 있었다. 이 파티의 기본 전술인지, 레너드는 주로 마인과 일대일 대결을 하는 경우가 많았다.

"네 부모의 색을 맞춰보지! 아버지는 빨간색이고, 어머니는 파란색! 그래서 네 색이 보라색인 거지? 아니면 아버지가 파란색이고 어머니가 빨간색이다! 아닌가?"

사람의 말을 알아듣는 마인이 분노를 터뜨렸다.

"그렇게 화내지 말라고! 혹시 아버지는 노란색 계열이었나? 미안하군, 네 어머니의 불륜을 폭로하는 듯한 말을 해 버렸네."

……마인에게 그런 끔찍한 도발을 던지면서, 레너드는 즐겁다는 얼굴로 싸웠다.

실로 용사답지 않은, 품위 없고 거친 사내. 그렇기 때문에 시험 삼아 그를 골라본 것이었다.

고결하면서도 힘을 가진 인간은 많았다. 그러나 오랜 시간 함께 행동하다 보면 그런 인간에게서도 결점이 드러나기 마련이다. 레너드는 어떻게 될까?

성격은 최악처럼 보인다. 하지만 거기엔 특유의 강인함도 엿보였다.

이기기 위해서는 수단과 방법을 가리지 않는다. 어떤 희생도 마다하지 않으며 아군조차 이용한다.

철저하게 자신을 선한 사람으로 여기지 않기 때문에 생겨난 강함이었다.

검술도 비열하다. 강적을 상대할 경우엔 처음부터 목이나 몸통

등의 급소를 노리는 것이 아니라, 비교적 무방비한 손끝이나 발부터 공격해 나간다. 그렇게 해서 상대를 갉아먹듯이 서서히 약화시키며 조금씩 궁지로 몰아갔다.

실제로 지금 레너드가 싸우고 있는 마인은 손가락 몇 개를 잃었고, 정강이는 온통 상처투성이였다. 차마 눈 뜨고 보기 힘든 상태였다.

다른 마물들은 레너드의 동료들이 제압하고 있었다.

전사 에프세이가 창을 다루는 실력은 꽤 훌륭했다.

창이라는 무기의 특성상 거리를 유지하고 적을 공격하기에는 적합하지만, 거리가 좁혀지면 약해진다. 하지만 에프세이는 마치 창을 여러 개 갖고 있기라도 한 것처럼 빠르게 찌르기를 반복했다. 그 탁월한 창술 덕분에 접근을 허락하지 않은 채 마물을 쓰러뜨리고 있었다. 상대가 약하기 때문에 사용할 수 있는 기술이었지만, 강적인 마인을 레너드가 맡고 있는 상황에서는 효과적이었다.

마법사 소피아는 효율적으로 주문을 쓰고 있었다.

언제 어디에 무슨 마법을 사용하는 것이 효과적인지 잘 고려하고 있었다. 밀집한 적에게는 폭발하는 주문을, 숲 속에 있는 적에게는 나무나 풀을 통째로 태우는 화염의 주문을, 발을 묶어야 하는 적에게는 베어내는 바람의 마법을 날리는 식이었다.

무엇보다도 그녀는 신중했다. 마력을 너무 과도하게 사용하지 않도록 그 상황에 필요한 최소한의 마법만을 사용했다. 언제 장기전에 돌입해도 문제가 없도록 주의를 기울이고 있는 것이다.

성직자인 니나는 세심하게 회복 마법을 외우고 있었다.

상처뿐만 아니라 피로 상태도 살피면서 신께 기도를 올리고 있었다. 레너드와 에프세이가 무한하게 움직일 수 있는 것도 그녀의 지원 덕분이었다.

의외로 로드를 이용해서도 싸울 수 있는 것인지 마물이 다가와도 고블린 정도라면 일격에 쓰러뜨리고 있었다. 그래서인지 두려움 없이 앞에 나섰다. 보통 성직자는 뒤에서 대기하는 것이 일반적인데, 니나는 언제나 레너드 일행과 가까이 있으려고 했다.

그들의 싸움 방식은 안정적이고 빈틈이 없었다. 내가 본 용사 일행의 파티 중에서도 상위 부류에 속했다. 다만 나이가 서른 전후였기 때문에 이 이상의 성장은 기대할 수 없을지도 모른다. 아마 이대로라면 마왕에게는 닿지 못할 것이다. 나는 필사적으로 싸우고 있는 그들에게 실망한 자신을 깨닫고 자기혐오에 빠졌다.

이윽고 마인이 포효했다. 자신에게 닥칠 불합리한 죽음을 견딜 수 없다는 듯이.

레너드는 그것에 주눅 들지 않고 오히려 앞으로 나아가며 공격했다. 상대의 분노조차 그에게는 기회였다.

레너드의 검이 마인의 갑옷을 관통하며 가슴을, 심장을 꿰뚫었다.

마인의 생명력은 인간보다 훨씬 강하다. 그렇다고는 해도 인정사정없이 이렇게까지 공격할 수 있는 전사는 그렇게 많지 않을 것이다. 이 순간만큼은, 레너드의 얼굴이 증오에 찬 일그러진 표정으로 변한다. 어쩌면 내가 이끌어 온 용사 중에서도 그가 가장 마인을 미워하고 있을지도 모른다. 그것이 어디에서 비롯된 것인지 나는 알지 못한다.

레너드는 곧 평소의 능청스러운 표정으로 돌아가 남은 마물을 쓰러뜨리기 위해 동료들 곁으로 향했다.

그리고 모든 마물을 쓰러뜨리자, 뜻밖의 인물이 레너드 일행 앞에 나타났다.

이들이 마왕령에서 구출했던 엘데리아의 상인이었다.

"예정대로 왔군."

레너드는 상인에게 말했다.

"꽤 화려하게 벌여놓으셨군요."

상인은 마물들의 시체를 보고 진저리를 쳤다.

"이게 알칸도에 가져다줄 짐이다. 마차도 붙어 있어. 충분하지? 마부의 수는 다 갖춰져 있나?"

"시키신 대로 모두 준비했습니다."

상인이 타고 온 마차에서 남자들이 줄줄이 내려와 레너드 일행이 타고 온 마차 마부석에 앉았다.

"이야기는 다 끝내뒀어. 가스탄의 촌장은 화물의 횡령을 허락했다. 알칸도의 영주도 짐이 도착한다는 걸 알고 있을 거야. 남은 건 네가 잘 전해주는 것뿐이야. 금화 300개짜리 일이다. 잘 좀 부탁하지."

레너드가 상인의 어깨를 두드리며 말했다.

"레너드, 당신은 대체……."

상인의 얼굴에는 복잡한 감정이 엿보였다.

"쓸데없는 소리는 하지 말고. 난 돈만 있으면 뭐든 하는 남자다. 그냥 그렇다고 생각해 줘. 실제로도 그렇고 말야. 세상은 돈이 전부다. 그러니까 당신도 짐을 알칸도에 가져가 주는 거잖아?"

레너드가 비아냥대며 웃었다. 상인도 둥근 얼굴에 미소를 지어 보였다.

"네, 저는 상인이니까요. 금액에 상응하는 일은 반드시 해냅니다. 짐은 알칸도까지 확실하게 전달하겠습니다."

"부탁하지."

상인들은 마차 대열을 정비한 뒤 알칸도를 향해 떠났다.

※ ※ ※

『그건 대체 뭐였지?』

레너드 일행은 상인들이 타고 온 마차를 넘겨받은 후 인근 도시로 이동을 시작했다. 하지만 당연하게도 그날 밤 안에는 도착하지 못했고, 지금은 노숙 중이었다.

그리고 동료들과 교대로 불침번을 서고 있는 레너드 앞에 예언자는 모습을 드러냈다. 지친 에프세이 일행은 마차 안에서 깊이 잠들어 있었다.

"무슨 말이지?"

레너드는 모닥불에 눈을 돌린 채 조용히 말했다. 동료들을 깨우지 않으려는 배려일지도 모른다.

『왜 그 상인이 찾아왔지? 그리고 왜 짐을 알칸도로 가져간 거지?』

"아무래도 상관없는 일이야. 네가 걱정하는 세계의 미래와는 아무 관련도 없는 일."

모닥불의 빛을 받은 레너드의 얼굴은 이상하게도 평온해 보였다.

『상관없지 않다. 알려줘.』

"너한테 그걸 알려준다고 해도 아무런 메리트가 없는데……."

레너드는 근처에 있던 나뭇가지를 모닥불 속에 던져 넣었다. 가지가 탁탁거리는 소리를 내며 천천히 타올랐다.

"그래, 그럼 서로의 비밀을 이야기하는 걸로 하자."

『비밀?』

"넌 조금 전에 나한테 '반복하고 있다'고 말했지? 그건 무슨 뜻이야?"

예언자는 이 세계의 장래에 대해 생각했다. 아마 이번에도 실패할 것이다. 그렇다면 레너드에게 숨길 필요는 없지 않을까.

『나는 세계를 여러 번 다시 시작하고 있다.』

예언자는 마음을 먹고 비밀을 털어놓았다. 그만큼 눈앞의 남자에 대해 알고 싶었다.

"그게 뭐야? 무슨 뜻인지 모르겠는데."

레너드는 이번에도 조용히 웃었다. 그것은 예언자를 조롱하는 것이 아니라, 자신의 무지를 자조하는 것 같았다.

『나는 아무런 힘이 없다고 했지만, 그 말은 거짓말이다. 한 가지 힘이 있다. 나에게는 세계를 다시 시작할 수 있는 힘이 있다.』

"그러니까, 세계를 다시 시작한다는 게 무슨 뜻이야?"

레너드의 미간에 주름이 잡혔다.

『……내가 죽으면 세계는 시간을 되돌린다. 지금으로 보면 딱 6년 정도 전이다. 그리고 난 다시 새로운 용사를 찾는다. 마왕을 쓰러뜨려 줄 용사를.』

"네가 죽으면? 그럼 세상은 영원히 반복된다는 거잖아."

『수명에 따른 죽음은 문제가 없다. 그러나 그 외의 죽음은 세계의 재편으로 이어진다. 그리고 마왕을 쓰러뜨리지 않는 한 나는 반드시 죽게 될 운명이다. 무엇을 해도 무의미하다. 마왕을 쓰러뜨리는 것 외에 세계의 재시작을 막을 방법은 없다.』

"그렇다는 건, 넌 마왕을 쓰러뜨릴 수 있는 용사를 아는 게 아닌 건가?"

『나는 용사를 모른다. 그저 마왕을 쓰러뜨릴 때까지 반복할 뿐이다. 10년 정도의 여행을 몇 번이고, 몇 번이고. 벌써 수십 번이나 같은 일을 계속하고 있다.』

"정말로? 꽤 중요한 비밀처럼 들리는데, 별로 대단하지도 않은 내 비밀과 교환해도 되는 거야?"

그렇게 말한 순간, 레너드는 무언가를 깨닫고 입꼬리를 일그러뜨렸다.

"……그렇군. 이번 용사 후보로는 마왕을 쓰러뜨릴 수 없다고 판단한 건가. 그러니까, 우리들로는 무리라는 거군."

『아니, 이번 용사 후보는 너와 별개로 다른 사람이 있었다. 그리고 그는 이미 죽었다. 얼마 전 네가 매장했던 젊은이다. 기억나나?』

레너드는 턱에 손을 얹고 잠시 생각했다.

“아아, 마인에게 살해당했던 녀석 말이구나. 미안하네, 우리가 좀 더 빨랐다면 도움을 줄 수 있었을지도 모르는데…….”

『아니, 그는 어느 쪽이라 해도 마왕을 쓰러뜨리지는 못했을 거다. 하지만 확실히 이른 죽음이었다. 세계를 되돌리기에는 시기상조라고 생각했다. 그래서 나는…….』

“아하, 시간이 좀 남았으니까 나를 시험해 보려고 한 거군. 이제야 이해가 가네. 왜 네가 나 같은 걸 용사로 선택하려고 했는지.”

레너드가 어깨를 으쓱했다.

『너희들은 실력 좋은 모험가로 유명했다. 그래서 그 힘을 보고 싶었던 것도 있다. 레너드, 너는 확실히 강한 모험가다. 그러나 마왕의 힘은 막강하다. 검성 레온, 성녀 마리아는 마왕에게 도달조차 하지 못하고 죽었다. 대현자 솔론은 마왕과 싸우다가 깊은 절망 속에서 죽어갔다. 넌 그들만큼의 힘을 갖고 있지도 않고 젊지도 않다. 더 이상의 성장은 기대할 수 없다. ……미안하다.』

“딱히 상관없어.”

레너드는 근처에 있던 새로운 나뭇가지를 주워 다시 모닥불에 던져 넣었다.

“너한테는 몇 번이나 말했잖아? 나는 용사가 아니라고. 나는, 진짜 용사를 알고 있으니까.”

『누구지?』

예언자의 목소리가 굳어졌다. 지푸라기라도 잡는 심정으로 새로운 용사 후보를 알고 싶은 것이리라.

"옛날에 나랑 같은 파티에 있던 루크라는 전사야. 15년 전에 죽었지. 넌 6년 전부터만 되돌릴 수 있는 건가? 15년 전으로는 돌아갈 수 없어?"

『돌아갈 수 없다. 15년 전에 나는 예언자 역할을 하고 있지 않았으니까. 되감는 건 내가 예언자가 된 이후부터 시작된다. 15년 전이라고 하면 마리카 전투인가?』

"그래, 루크 씨는, 내 용사는 거기서 죽었어."

레너드는 조금 큰 가지를 집어 들어 약간 거칠게 모닥불 속에 던져 넣었다. 예언자가 15년 전으로 돌아가지 못한다는 사실에 실망감을 드러내듯이.

"난 그 전투에 참가하지 않았어."

『뭐?』

"꼴사나운 이야기지. 마왕군을 눈앞에 두고, 무서워서 도망쳐 버렸어."

『하지만 넌 마리카국의 전투에서 살아남았다고…….』

"살아남은 건 사실이잖아? 일단 전쟁터까지는 갔으니까. 가서 싸우지 않고 돌아왔을 뿐이야. 거짓말은 하지 않았어."

레너드는 다시 한번 어깨를 으쓱했다.

"하지만 내 동료들은 정말로 싸웠어. 그리고 살아남았지. 나는 가짜지만 그 녀석들은 진짜야. 그래서 그 녀석들을 동료로 삼은 거다. 간청해서. 뭐, 녀석들한테는 협박처럼 들렸을지도 모르겠지만.”

『너도 충분히 강하다.』

예언자의 말에는 위로가 담겨 있었다.

“고마워. 하지만 강인함은 검 실력에서 나오는 게 아니야. 삶의 태도라고 해야 할까? 내가 용사라고 인정한 사람은 강했지만, 살아가는 자세도 멋있었지. 나는 그런 사람이 되고 싶어서 모험가가 된 건데, 정작 위기 상황이 오니까 죽는 게 무서워져서 도망쳐 버렸어. 게다가 변명이나 잔뜩 늘어놓고 말이지. 한심함도 그 정도면 병이야.”

레너드는 그 말과 함께 나뭇가지를 힘껏 모닥불 속에 던져 넣었다.

“미리 말해 두는데, 나는 딱히 내가 잘못했다고는 생각하지 않아. 무서우면 도망치는 게 당연하지. 인간이란 그런 거니까. 목숨이 아깝고, 술을 마시고 싶고, 맛있는 것을 먹고 싶고…… 그런 거잖아. 그래서 목숨이든 뭐든 대부분의 것들은 돈으로 살 수 있어. 그러니 돈이 이 세계에서 가장 옳지. 아닌가?”

『…….』

예언자는 그 말을 부정하고 싶었지만 반박할 말을 찾지 못했다.

백 년이 넘는 여행을 해오면서 예언자는 인간에게 과연 무엇이 옳은 것인지 알 수 없게 되었다. 인간을 위해 목숨을 걸고 싸우는 용사는 아름답다. 왜냐하면 그 행위가 드물기 때문이다. 상식에서 벗어난 곳에 있으니 사람들의 동경이 되고, 거기서 아름다움을 느끼는 것이다. 그 점에 대해서는 이해하고 있다.

"말이 없으니 난감하군."

레너드가 쓴웃음을 지었다.

"난 말야, 그걸 실천했어. 목숨을 아껴서 도망친 뒤에는 싸울 수 있는 모험가가 줄어들었고, 나 같은 사람이 귀해진 덕분에 큰 돈을 벌 수 있었지. 도망친 게 정답이었어. 맛있는 음식을 먹고, 술을 진탕 퍼마시고, 사치도 하면서, 그걸로 '최고의 인생이다!'라면서 나 자신을 타일렀지. 하지만 말이야, 돈으로 살 수 있는 것들은 대개 금세 싫증이 나는 법이거든. 음식이든 술이든, 다음 날이면 기억에서 희미해지고 순식간에 사라져버려. 형태로 남는 것도 머지않아 거기에 존재하는 것에 익숙해지지. 그래서 기쁨도 어딘가로 사라지고 말아. 겨우 그 정도야. 그리고 결국 남겨지는 건 그때의 기억이야. 루크 씨를 버리고 도망갔을 때의 기억."

레너드는 모닥불에서 하늘로 눈을 돌렸다.

"내가 루크를 외면했어. 내가 용사를 죽인 거야."

『그렇지 않……..』

예언자는 이 남자에게 무어라 말해 주고 싶었다.

"알고 있어. 내가 있든 없든 결과는 똑같았을 거다. 하지만 그때의 후회가 아무리 시간이 지나도 내 마음속에서 사라지지 않고 계속 고여 있어. 그걸 어떻게든 해결하지 않으면, 난 앞으로 나아갈 수 없어. 물론 용사 같은 것도 될 수 없고."

레너드가 예언자에게 눈을 돌렸다.

“쓸데없는 이야기가 너무 길었군. 듣고 싶었던 건 상인의 이야기였지? 그건 말이지, 보수로 받기로 한 금화 400장 중 300장을 면제해 주기로 하고, 그 대신 일을 부탁한 거야. 가스탄의 곡물을 알칸도로 운반해 주는 일을 말이지. 곡물은 저것뿐만이 아냐. 저것 말고도 가스탄에서 직접 곡물을 운반해 주겠다는 약속을 받았어. 마물에게 빼앗긴 걸로 처리해서 말이지.”

『어째서 알칸도로 곡물을 운반하는 거지?』

“간단한 얘기야. 알칸도에서도 보수 대신 영주에게 한 가지 부탁을 했거든. 유랑민을 받아달라고 말야.”

『유랑민?』

예언자는 알칸도에서 본 유랑민들의 모습을 떠올렸다. 그때 레너드는 유랑민들을 무례하게 대했었다. 그 모습을 보고 예언자는 레너드를 경멸했다.

“전쟁으로 고향에서 쫓겨난 무리들이야. 돈이 없으니 어디에도 갈 곳이 없는 가난뱅이들이지. 그러니 돈만 내면 쉽게 구할 수 있는 가벼운 목숨이기도 하고. 그 가벼운 생명조차 아무도 구하려 하지 않는 시대지만. 뭐, 그들을 구하는 건 니나와의 약속이기도 해.”

예언자도 유랑민들의 존재는 깨닫고 있었다. 『세계편찬』을 시작한 초기에는 언젠가 구하겠노라 다짐한 생명이었다. 마왕만 쓰러뜨리면 어떻게든 될 거라 생각했다. 하지만 세상이 구원받기 전까지 그들이 어떤 마음으로 살아갈지, 그에 대해서는 눈을 돌리고 있었다.

"하지만 알칸도도 유랑민을 무한하게 다 수용할 수 있을 정도로 여유롭지는 않아. 전쟁 중이라 음식값도 치솟고 있는 상황이니까. 영주는 유랑민을 받아들이는 대신 식량 조달을 요구했어. 어쩔 수 없는 일이지. 돈이 있어도 현물이 없으면 어쩔 방법이 없으니까. 실제로 가스탄에서 수송되는 짐마차는 마물들의 표적이 되고 있었고 말야. 그래서 가스탄에서 곡물을 수송할 수단과 곡물 자체를 확보해야 하는 상황이 된 거야. 곡물을 판매하는 곳은 관리들에 의해 관리되고 있어서 몰래 빼돌리는 것 말고는 방법이 없었지. 입이 무거운 운반자가 필요했어. 그런 점에서 신뢰할 수 있는 상인은 돈만 지불하면 그 사실을 아주 잘 알고 있지. 심지어 그들은 가족들을 데려가는 김에 모르는 아이까지 데리고 가려고 해 준 선량한 사람들이었으니까."

『너는 유랑민들을 구하기 위해 가스탄까지 간 건가? 그들을 위해 높은 보수를 요구한 건가?』

"아니. 전혀 아냐."

레너드가 코웃음을 쳤다.

"나는 돈을 내 멋대로 사용한 것뿐이야. 돈은 소중해. 사람 목숨까지 구할 수 있지. 그 잘난 왕이나 귀족들에게 구원받지 못한 목숨들이야. 신에게조차 버림받았어. 하지만 돈만 있으면 나 같은 놈이라도 그런 목숨을 구할 수 있어. 게다가 생명이란 건 계속 이어지지. 내일이나 모레가 되면 사라지는 것도 아냐. '녀석들의 목숨은 내가 구해줬다'라고 생각하면 나름대로 기분이 나쁘지 않거든. 술맛도 꽤 좋아지지. 술안주랑 똑같은 거야. 애초에 모든 보수를 다 그런 녀석들을 위해 쓰고 있는 것도 아니야. 상인에게 약속받았던 금화 400개 중 100개는 우리들끼리 다 썼으니까. 그 정도만 있어도 놀고먹기엔 충분하거든. 그러니까 그렇게 하고 남은 돈을 쓰고 있는 것뿐이야."

금화 100개라면 몇 년은 놀고먹을 수 있는 돈이다. 레너드의 말에 거짓은 없다.

"게다가 가스탄까지 갔던 건 다른 볼일이 있어서 그런 거야. 식량을 조달한 건 부수적으로 한 일에 불과해. 우리에겐 우리들의 목적이 있거든."

『그게 뭐지?』

"곧 알게 될 거다. 머지않아 말이지."

레너드는 더 이상 입을 열지 않았고, 잠시 후 에프세이와 교대하여 마차 안에서 잠에 들었다.

누가 용사를 죽였는가

예언의 장

마리카 전투 후, 나는 모험가를 계속할 마음이 없었다.

다른 무리와 팀을 이루는 것은 딱 질색이었기 때문이었다. 그 싸움에 참가하지 않은 모험가는 그저 가짜나 다름없었다.

그러나 살아가기 위해서는 돈을 벌어야 했다. 그래서 나는 혼자서도 할 수 있는 의뢰를 찾아서 그것을 수행하며 하루하루 돈을 벌고 있었다.

마리카에서 일단은 인간 측이 승리한 덕분에 한동안은 평화로웠다.

하지만 5년이 지나자 마왕군이 다시 움직이기 시작했다.

그 정도의 희생을 치렀음에도, 평화는 겨우 5년밖에 지속되지 못했다.

하지만 나와는 관련 없는 이야기였다. 나는 이미 그때 충분히 싸웠다, 그렇게 생각하고 있었다.

그럴 때, 레너드에 관한 소문이 귀에 들려왔다.

마리카에서 살아남았다는 사실을 자랑스럽게 떠벌리며 보수가 높은 일만 도맡아 한다는 모험가.

심지어 돈 액수에 따라서는 무슨 일이든 한다고 했다. 그 싸움에서 살아남아, 여전히 모험가로 돈벌이를 하고 있는 녀석이 있다는 사실을 나는 믿기 힘들었다.

모험가가 모이는 술집에서 그 모습을 본 적이 있었는데, 나와 비슷한 나이에 경박한 웃음을 가면처럼 쓰고 있는 사내였다.

——불쾌한 녀석——.

그것이 처음 레너드를 봤을 때 내가 느낀 인상이었다.

도저히 나와 같은 경험을 한 남자의 얼굴로 보이지 않았기 때문이다.

무슨 낯짝으로 저렇게 살아갈 수 있는 거지? 어째서 웃고 있을 수 있는 거지? 너는 그때의 일을 잊은 건가?

그리고 나는 깨달았다. 아아, 나는 나 자신을 용서할 수 없었던 것이구나.

마리카 전투에서 살아 남아버린 나 자신을.

정세는 날이 갈수록 악화되었다. 마왕군이 재침공을 시작하면서 인간 측은 계속해서 패배했다.

그렇다고 해서 내가 뭘 할 수 있는 것은 아니었다. 내 안의 세계는 마리카 전투 때 이미 끝나버렸다. 나는 죽은 것이나 다름없었다.

세계의 미래에 눈을 감고, 그저 창을 휘두른다. 묵묵히 하루하루 돈을 번다. 그뿐이었다.

그런데 그런 나에게 말을 걸어온 녀석이 있었다.

그것이 레너드였다.

내가 집에 들어가려고 할 때, 뒤에서 나를 불러세웠다.

"여어, 너에 대한 이야기는 들었어. 마리카의 생존자라고 하던데. 어때, 나랑 같이 활동하지 않을래?"

이 녀석이 특정 모험가와 짝을 이루지 않는다는 것은 알고 있었다. 의뢰에 따라 함께할 상대를 바꾸고, 보수는 자신이 가장 많이 가져가는 것으로 유명했다.

“다른 사람을 찾아봐. 난 너를 싫어해.”

물론 내가 레너드에게 친절하게 대해 줄 이유는 없었다.

“아쉽게도 난 널 좋아해. 부탁할게, 나와 같이 활동해 줄 수 없을까?”

단호하게 거절하면 욕을 하며 그대로 떠날 거라 생각했는데, 레너드의 반응은 의외였다. 평소의 경박한 얼굴은 똑같았지만, 눈빛은 진지했다.

“네 이야기는 다 들었어. 의뢰에 따라 동료를 바꾼다지? 창잡이라면 나 말고도 얼마든지 있을 텐데. 굳이 나여야 할 필요가 있나?”

“에프세이, 난 너에게 하룻밤 어울리고 말 값싼 관계를 위해서 가 권유하는 게 아냐. 나는 너와 동료가 되고 싶어. 그렇게만 해 준다면 절대로 바람 같은 건 안 피워. 신께 맹세해도 좋아.”

마치 여자라도 유혹하는 듯한 말투로 레너드는 나에게 다가왔다.

분명 이 녀석에게는 그런 취미가 없는 것으로 알고 있다. 나는 기억을 더듬으면서 뒤로 물러났다.

“너한테도 나쁜 이야기는 아닐 거야. 내 나머지 동료는 여자 두 명이거든. 게다가 두 명 다 엄청난 미인이지. 이런 기회는 인생에 한 번뿐이야. 어때?”

마치 환락가에 있는 저질 호객꾼 같았다. 도저히 동료로서 권유하는 모습으로는 보이지 않았다.

그 강압적인 권유에 나는 집 문 앞까지 내몰렸다. 전례 없는 위기였다.

그 순간, 레너드의 등 뒤에서 녀석의 머리를 향해 지팡이가 떨어졌다.

"아얏!"

맞은 머리를 감싸 쥔 레너드의 뒤에서 보인 것은 두 여자의 모습이었다.

"너한테 맡긴 내가 바보지."

어이없다는 얼굴로 그렇게 말한 사람은 레너드를 지팡이로 내리친 안경 쓴 여자였다. 아마 마법사겠지만, 보라색의 긴 검은 머리가 눈길을 사로잡는 미인이었다.

"저희를 미끼로 이용해 권유하는 건 좋지 않다고 생각해요."

다른 한 사람은 어깨까지 오는 빨간색 단발 머리를 가진 여자였다. 신관복을 입고 있어 언뜻 보기엔 수수해 보이지만, 자세히 보니 단정한 외모에 청순한 인상을 갖고 있었다.

이 두 사람이 레너드가 말했던 동료인 걸까? 그렇다면 레너드의 말은 완전히 거짓말은 아닌 셈이다.

"잠깐 대화 좀 하지 않을래?"

검은 머리의 여자가 말했다.

"우리는 모두 마리카 전투에서 살아남았어. 가끔은 옛날 이야기도 나쁘지 않잖아?"

미인에게 그런 말을 들으니 거절할 수도 없었다.

나는 세 명을 집으로 들였다. 레너드는 필요 없었지만 어쩔 수 없었다.

"그래서 옛날 이야기라니, 무슨 이야기를 하려고?"

나는 레너드를 무시하고 자신을 소피아라고 소개한 검은 머리의 여자에게 물었다. 빨간 머리의 여자는 니나라고 하는 것 같다. 듣고 보니 마리카 전투 때 참가한 의용군 안에 비슷한 나이의 젊은 마법사 여자와 성직자 여자 모습이 있었던 것 같기도 했다.

나는 소피아와 니나에게 의자를 권하고 레너드는 그대로 세워둘 생각이었는데, 그 녀석은 멋대로 의자에 앉아버렸다.

"그냥 개인적인 이야기 말야. 일종의 의식 같은 거지. 그 전투를 경험한 인간은 다들 무언가를 안고 있어. 그걸 다른 사람에게 이야기해서 마음을 좀 가볍게 하자는 거야. 동료가 되고 말고는 그 후에 결정해도 되니까."

소피아는 다소 거만하게 말하는 느낌이 들긴 했지만, 시원시원한 성격을 가진 사람처럼 보였다.

"거의 초면인 사람한테 내 과거 이야기를 하라는 건가?"

아무리 미인이 상대라고 해도 그것에는 조금 망설임이 들었다.

"그래, 그럼 우리부터 먼저 이야기할게."

그렇게 말한 소피아는 자신의 성장 과정부터 이야기하기 시작했다. 익숙한 것인지 묘하게 말이 능숙하다. 그다음으로 이야기한 것은 니나였는데, 이쪽은 성직자답게 말에 무게감이 느껴졌다.

두 사람은 출신의 차이는 있지만 마리카 전투에서 살아남은 뒤에는 비슷한 삶을 살고 있는 것처럼 보였다.

살아남았다는 죄책감 때문에 현실을 외면해 온── 나와 똑같이.

두 사람이 이야기를 마친 후, 나는 레너드에게 눈을 돌렸다. 하지만 녀석은 어깨를 으쓱하며 나에게 먼저 말하라고 재촉했다. 조금 화가 났지만, 두 여자가 먼저 자신의 이야기를 꺼냈는데 내가 이야기하지 않는 것도 모양새가 좋지 않았다. 하는 수 없이 나도 개인적인 이야기라는 것을 하기 시작했다.

"내 아버지는 용병이었어. 창을 잘 다루시던 분이라 나도 어릴 때부터 창을 휘두르며 놀곤 했지. 그렇게 해서 도착한 곳이 용병과 모험가 둘 중 하나였고, 그중 모험가를 선택한 것에 지나지 않아.

'용병보다 모험가가 낫다'라는 아버지의 말을 들었던 것도 이유였지.

내 입으로 말하는 것도 좀 그렇지만, 젊은 나이치고는 실력이 괜찮았어. 다른 녀석들과는 경험이 달랐으니까. 그래서 대우가 좋은 파티에 들어가서 그럭저럭 순조로운 삶을 살아갔지. 너희와 마찬가지로 말이야."

나는 소피아와 니나에게 눈을 돌렸고, 둘 다 가볍게 고개를 끄덕였다.

"그래서, 역시 너희와 마찬가지로 마리카 전투에서 쓰라린 경험을 했다는 거지. 정들었던 동료들은 모두 그곳에서 죽었다. 그건 어쩔 수 없는 일이었어. 실력이 없는 녀석은 죽는다. 모험가란 원래 그런 거니까. 하지만 나는 계속 지고만 있는 것은 성미에 맞지 않았어. 그래서 마왕군의 대장을 노리기로 결심했지."

소피아와 니나가 숨을 삼켰다. 좋은 반응이었다. 이야기한 보람이 있다.

"그 녀석은 금방 발견할 수 있었어. 마인들이 밀집해 있는 가운데에서 유달리 몸집이 크고 검은 녀석이 있었거든. 뿜어져 나오는 분위기 자체가 달랐지. 누가 봐도 위험한 냄새가 진동하고 있었어.

나는 몸을 낮추고 움직여서, 최대한 싸움을 피하면서 어떻게든 그 뒤로 돌아가려고 했어. 그 검은 마인의 목에 창을 찔러넣기 위해서 말이야.

그리고, 뒤로 돌아가는 것까지는 성공했어. 딱히 내가 잘나서 성공한 건 아니야. 한 전사가 마인들을 상대로 화려하게 싸움을 벌여주고 있었거든.

루크—— 너희들의 이야기에도 나왔던 최강의 인간 전사다. 그 사람은 검은 마인을 향해 정면에서 달려들었지. 무모한 행동이라는 말밖에 할 수 없었어. 가능할 리가 없었으니까. 하지만 덕분에 적의 주의는 루크에게로 향하게 되었고, 나는 마인의 배후를 잡을 수 있었지."

깨닫고 보니 어느새 레너드가 경박한 얼굴을 거두고, 긴장감이 감도는 진지한 얼굴로 내 이야기에 귀를 기울이고 있었다.

"나는 도약했다. 검은 마인보다 훨씬 더 높이. 기회를 잡았다고 생각했어. 내 창은 그 녀석의 목을 겨냥하고 있었으니까. 하지만 창은 너무 손쉽게 마인의 팔에 튕겨 나갔어. 마치 벌레라도 쫓아내는 듯한 가벼운 손짓으로. 땅바닥으로 굴러떨어진 나를 향해서 그 녀석은 이렇게 말하더군.

'나를 겨냥한 너는 옳다. 다만 힘이 부족했을 뿐이다'라고.

그게 바로 실력의 차이라는 거겠지. 역시 마왕군의 대장다웠어."

지금 다시 생각해도 소름이 돋는다. 정면에서 마주했던 그 녀석은, 도저히 인간이 이길 수 있는 상대가 아니었다.

"그래서?"

소피아가 계속하라고 재촉했다. 다음 이야기가 궁금해서 참기 힘든 얼굴이었다.

"나는 있는 허세를 다 쥐어짜 말했지. '이름 정도는 알려달라'라고 말야. 그 녀석은 친절하게도 '베르젤라다'라고 가르쳐줬지. 생각보다 좋은 녀석일지도 몰라."

나는 농담조로 말했지만, 아무도 웃지 않았다.

"그 성격 좋은 마인 양반은 검은 오라를 두른 대검을 나를 향해 휘둘렀어. 솔직히 그때 죽었구나 생각했지. 눈조차 뜨고 있을 수 없었어. 하지만, 체념하고 있던 내 앞에 한 명의 전사가 서 있었어. 그게 바로 루크였어. 그 적들 사이를 뚫고 나와 베르젤라가 있는 곳까지 다가온 거야. 믿을 수가 없었어."

그 뒷모습은 평생 잊지 못할 것이다. 나에게 있어서 용사는 그 사람 외에는 있을 수 없었다. 누가 뭐래도.

"루크는 그 마인의 대검을 검으로 막아내면서 나한테 이렇게 말했어. '뒤는 나한테 맡겨라. 넌 그냥 뒤로 달려가'라고. 그의 말대로 뒤쪽에는 마물의 수가 적었어. 하지만 나도 고집이 있었지. 나는 루크를 도와주려고 했어. 처음엔 말야."

나는 고개를 저었다.

"하지만, 무리였어. 루크와 베르젤라의 싸움은 대단했고, 거기에 끼어들 정도의 힘은 나에게 없었으니까. 나만 그런 게 아니야. 다른 마인들도 접근조차 하지 못하고 있었어.

두 사람의 싸움은 처음부터 막상막하였지만, 서서히 루크가 밀리기 시작했어. 당연하지. 그 정도로 격렬한 싸움을 몇 번이나 반복하면서 루크는 겨우겨우 베르젤라가 있는 곳까지 도착한 거니까. 이미 체력은 거의 남아 있지 않았을 거야. 하지만 루크는 나를 돌아보지도 않고 소리쳤어. '뭐 하고 있어! 빨리 가! 헛되이 죽지 마!'라고.

그래서 나는 달렸어. 난 아무런 도움이 되지 않았어. 적어도 발목을 잡는 것만은 피하고 싶었지. 베르젤라가 말하더군. '저 정도의 인간을 구해 주기 위해 방패막이가 되는 건가? 너야말로 헛되이 죽는 게 아닌가?'라고. 분해서 견딜 수 없었어."

나는 거기서 한숨 돌리고 이야기를 멈췄지만, 그 누구도 아무 말도 하지 않았다.

"그 후 '인간을 얕보지 마라, 마인!'이라는 루크의 외침이 들렸어. 뒤를 돌아보니 베르젤라와 루크의 그림자가 겹쳐 있었지. 서로의 어깨를 베고 있었던 거야. 하지만 루크의 검은 베르젤라의 어깨를 겨우 베었을 뿐이었고, 베르젤라의 검은 루크의 가슴까지

닿아 있었지. 나는 달렸어. 그리고 두 번 다시 뒤를 돌아보지 않았어."

나는 깊은 한숨을 내쉬었다. 한심하고 쓰라린 기억이었다.

"이야기는 이걸로 끝이야. 살아남았다고 해도 도망친 거나 다름없지. 딱히 힘이 있었던 건 아냐."

그 자리에 무거운 침묵이 찾아왔다. 하지만 소피아가 말했던 것처럼, 내 안에 있던 무거운 짐 같은 게 사라지는 기분이 들었다. 그렇게 나쁜 기분은 아니었다.

조금 시간을 둔 후, 나는 레너드에게 눈을 돌렸다.

"너도 얘기해 봐, 레너드. 솔직히, 네가 의용군에 있었던 건 기억이 안 나지만, 같은 전장에서 싸웠던 거지?"

"나는 싸우지 않았어."

레너드는 굳은 얼굴로 말했다.

"무슨 말이야? 너도 마리카에서 살아서 돌아왔다고 들었는데?"

역시 마리카에서 돌아온 남자는 다르다, 라면서 모험가 사이에서도 소문이 자자할 정도였다.

"그건 거짓말이 아니야. 나는 확실히 마리카에서 돌아왔어. 전투가 시작되기도 전에 말이지. 나는 싸우지 않고 도망갔어, 너무 무서워져서."

급격히 분노가 치밀었다. 이 자식은 나를 속이고 있었던 것이다. 그 전장을 알고 있었던 것처럼, 마치 자신이 역전의 모험가라도 되는 것처럼.

모르고 있었는지 소피아와 니나도 눈을 동그랗게 뜨고 있었다.

"지금 장난하는 건가?! 누가 너 같은 개자식과 손을 잡을 줄 알고! 이 염치없는 놈!"

앉아 있던 의자에서 벌떡 일어난 나는 레너드를 밀어내려 했지만, 그 손을 잡혔다.

"알고 있어. 난 개자식이고 염치도 없어. 그럼 에프세이. 넌 뭐지? 지금 뭘 하고 있는 거지? 왜 이런 곳에 있는 거야?"

"뭐라고?!"

내 팔을 잡는 레너드의 손을 뿌리치려고 했지만, 반대로 강한 힘에 눌려버렸다.

"넌 도망쳤다고 했지. 그게 다인가? 널 도망치게 한 루크는 뭐 때문에 죽은 거지? 마왕군을 5년 동안 쫓아내고, 그게 끝인가?"

"……네놈이 뭘 알아. 거기서 도망친 네놈이."

"글쎄? 난 알고 있을지도 모르고, 모르고 있을지도 모르지. 하지만 그런 건 아무래도 상관없어. 난 도망쳤으니까. 그 감정은 마치 신발 속에 든 작은 돌처럼 아무리 시간이 지나도 날 불쾌하게 만들어. 그걸 어떻게든 하지 않고서는, 나는 앞으로 나아갈 수 없어. 너라면 알고 있지 않나, 에프세이?"

레너드의 말은 내 마음 깊은 곳을 헤집었다.

"……뭐야, 넌 대체 뭘 할 생각이지? 레너드."

"나는 베르젤라를 죽일 거다. 도와줘, 에프세이. 난 그날 도망쳤던 걸 없던 일로 만들고 싶어."

가스탄에서 더 서쪽으로 간 도시의 술집에서 레너드는 다음 의뢰를 찾고 있었다.

이곳은 마왕군과의 격전지 근처로, 모험가뿐만 아니라 용병들도 모여들어 시끄럽고 어수선한 분위기를 자아내고 있었다.

그러던 중 한 남자가 레너드에게 다가왔다.

"당신이 레너드 씨입니까? 각지에서 마인을 토벌해 왔다는 소문을 가진."

남자는 약간 뚱뚱하고 둥그스름한 얼굴에, 굳이 표정을 꾸미지 않아도 웃고 있는 듯한 얼굴을 하고 있었다.

"아아, 그렇긴 한데. 넌 누구지?"

"저는 랄프라고 합니다만, 일을 맡아줄 사람을 찾고 있습니다. 하지만 아무나 다 괜찮은 건 아니에요. 실력이 확실한 사람이 맡아줬으면 좋겠거든요."

랄프는 사람 좋은 미소를 짓고 있었다.

술집을 통해 모험가에게 직업을 의뢰할 때는 상대를 지명할 수가 없다. 그로 인해 랄프처럼 특정 모험가에게 직접 일을 의뢰하는 인간도 있었다. 다만 손이 많이 가기 때문에 그 수는 많지 않았다.

"그건 상관없는데, 우리들의 의뢰비는 비싸. 물론 일은 확실히 성공시키지만, 그것 때문에 의뢰인들의 평판은 형편없지. 다른 곳을 알아보는 게 좋지 않겠어?"

레너드는 자조하며 입꼬리를 올렸다.

"아니요, 요즘은 제대로 싸울 수 있는 모험가가 눈에 띄게 줄어서 말입니다. 돈은 좀 더 들어도 괜찮으니까 일을 제대로 해 줄 모험가를 찾고 있습니다."

"그렇군. 그런데 네가 우리 의뢰비를 낼 수 있는 건가?"

레너드는 랄프의 옷차림을 위에서 아래까지 훑었다.

허름한 차림은 아니지만 돈이 있어 보이지도 않았다. 랄프라는 인간은 어디에나 있을 법한 평범한 시민이었다.

"저는 어디까지나 중개 역할이라서요. 의뢰주는 따로 있습니다. 그래서 일 잘하는 모험가를 소개하지 않으면 곤란하거든요. 이해하시겠죠?"

의뢰 중개 자체는 드문 일이 아니었다. 신분이 높은 사람이나 돈이 많은 상인 등을 대신해 자잘하게 움직여줄 사람은 필요하니까.

"그렇군. 그래서, 의뢰는 어떤 의뢰지? 그걸 듣기 전까지는 아무것도 시작되지 않는데?"

"그것도 좀 복잡한 이야기라서요. 장소를 바꾸는 게 어떻습니까? 여기도 나쁘진 않지만 이야기를 하기엔 적합하지 않으니까요. 좋은 장소를 알고 있습니다. 거기라면 방을 빌려서 이야기를 할 수도 있습니다. 의뢰를 받든 안 받든 비용은 전부 이쪽이 부담하겠습니다. 당신은 아무것도 하지 않아도 하룻밤 술값과 밥값을 벌 수 있는 거죠. 나쁜 이야기는 아니죠?"

랄프의 말은 능수능란했다. 명랑한 표정까지 어우러져서 타인의 경계심을 녹이고 깊숙이 파고들었다.

"확실히 나쁘진 않은 제안이군. 근데 괜찮겠어? 나는 공짜 밥은 사양하지 않고 먹는 타입인데?"

"그런 사람이 이상적이죠. 배포가 크지 않으면 하기 어려운 의뢰라서요."

랄프는 그렇게 말하고는 레너드를 데리고 술집 밖으로 나갔다.

레너드가 끌려간 곳은 성공한 상인들이 이용하는 술집이었다.

가게 외관부터 깔끔한 걸 보니 들어가기 위해서는 나름대로의 용기와 돈이 필요할 것 같았다.

랄프는 주저 없이 그 가게의 문을 열었다.

내부는 품질 좋은 가구들로 통일감 있게 꾸며져 있었고, 손님은 그리 많지 않았지만 차림새가 좋았다.

그래서인지 들어온 레너드에게서 흉흉함을 느끼고는 의심스러운 시선을 향했다. 하지만 랄프가 능청스러운 얼굴로 인사를 건네자 웃으며 인사를 돌려주고는 이내 흥미를 잃은 얼굴을 했다.

랄프는 익숙한 움직임으로 가게 사람에게 말을 걸어 방을 잡더니 그곳으로 레너드를 안내했다.

작은 개인실에는 테이블과 의자 두 개가 놓여 있었다. 곧바로 점원이 술과 식사를 날라 능숙하게 테이블에 올려놓고는, 튼튼해 보이는 문을 조용히 닫고 나갔다. '이제부터는 알아서 밀담을 나눠라'라고 말하는 것처럼.

"그래서, 의뢰 내용이란 건 어떤 거지?"

거리낌 없이 술을 한잔 들이킨 레너드가 그렇게 물었다.

"일단 식사 좀 하고 나서 하는 게 어떻습니까? 실은 배가 좀 고파서 말이죠."

랄프는 그렇게 말하고는 레너드에게 술과 음식을 권하면서 자신도 먹고 마시며 별 의미 없는 잡담을 나누었다. 자신의 자라온 이야기부터 시작해, 레너드에게서도 능숙하게 이야기를 이끌어 냈다.

그리고 서서히 서로가 어떤 사람인지를 탐색하는 듯한 대화로 이어졌다.

"그렇죠. 역시 돈이 없이는 세상 일이 돌아가지 않죠."

적당한 맞장구, 상대가 원하는 표정과 반응까지, 랄프는 남의 이야기를 들어주는 것에 뛰어났다.

"내 말이. 그러니까 우리도 그에 상응하는 의뢰비를 요구하고 있는 것뿐인데, 그걸 아무리 해도 이해해 주질 않아서 곤란하단 말야. 어딜 가도 악평뿐이야."

레너드도 기분 좋게 이야기를 이어갔다.

"그나저나 레너드 씨. 여기서만 하는 이야기지만, 지금의 전황을 어떻게 생각하십니까?"

랄프가 목소리를 약간 낮췄다.

"어떻고 말고 할 것도 없어. 인간 쪽이 이길 가망은 없을 거다. 우리가 할 수 있는 일이 있다면, 그저 우리가 살아 있는 동안에는 인간이 멸망하지 않기를 기도하는 것뿐이겠지."

레너드가 투덜거리며 대답했다.

"역시 그렇게 보십니까? 실제로 마인과 싸우고 계신 분이 말씀하시니 무게가 남다르군요."

랄프는 몇 번이고 고개를 끄덕였다.

"당연하지. 마인은 인간보다 강해. 힘도 마력도. 지혜도 있지. 게다가 마왕을 중심에 두고 통일된 움직임을 보이고 있어. 그에 비해 인간 측은 여전히 나라별로 대응이 갈리고 있는 상황이다. 이길 수 있다고 생각하는 게 더 이상해."

"네, 안타깝게도 그런 방향으로 가고 있는 것 같습니다."

"……그거랑 네 의뢰가 무슨 관계가 있는 건가?"

레너드의 목소리가 낮아졌다.

"레너드 씨는 돈만 많이 주면 뭐든 다 하신다고 들었습니다만, 그 말이 정말 사실입니까?"

랄프는 레너드의 질문에는 대답하지 않고, 반대로 질문을 했다.

"그래, 돈만 주면 뭐든지 할 수 있어. 이 세상에 돈보다 더 중요한 건 없으니까. 목숨도 돈으로 살 수 있고. 그에 상응하는 돈을 낸다면 말야."

랄프는 작은 가죽 가방을 테이블에 올려두었다. 잘그락거리며 금속이 서로 부딪치는 둔탁한 소리가 났다.

"이건 선금입니다. 준비를 위한 자금이라고 생각해 주세요."

레너드가 가죽 주머니를 손바닥 위에서 기울이자 금화가 쏟아져나왔다.

"인심 한번 후하군. 그래서, 의뢰 내용은?"

"살인입니다."

성격 좋아 보이던 랄프의 눈에 어둠이 깃들었다.

"……평화롭지 않은 이야기군. 대체 누굴 처리할 생각이지?"

"용사입니다."

"용사? 용사라는 게 누구를 말하는 건데?"

레너드가 의아한 표정을 지었다.

"아직 모르겠습니다."

"얘기를 종잡을 수가 없군."

레너드의 표정이 점점 험상궂게 변했다.

"이것은 만일의 경우를 위한 의뢰라고 생각해 주십시오. 레너드 씨가 말씀하신 대로 현재 인간들 쪽의 패색이 짙습니다. 아마도 마왕군의 승리는 거의 틀림없겠죠. 하지만 유일한 불안 요소가 있다면 바로 용사라는 존재입니다. 제 의뢰주는 마왕군이 이긴다는 것을 전제로 활동하시는 분이라, 그것이 뒤바뀌면 곤란합니다."

"나더러 인간을 배신하고 용사를 죽이라고?"

레너드의 눈이 차갑게 빛났다. 하지만 랄프는 움직이지 않았다.

"레너드 씨는 똑똑한 분이시라는 걸 압니다. 혜안도 있으시죠. 이럴 때일수록 어디에 붙는 게 유리할지 결단을 내려야 하지 않겠습니까? 저희 쪽에는 당신이 생각하는 것보다 더 많은 분들이 참여하고 있습니다. 그중에는 귀족이나 대상인도 있지요. 인간이 패배한 후의 일을 생각해 보세요. 똑똑하신 분들은 다 그렇게 하고 있습니다."

너뿐만이 아니라고 랄프는 속삭였다. 죄책감을 느낄 일이 아니라고.

그것은 인간 측의 패배가 눈에 보이는 지금의 전황에서는 저항하기 힘든 유혹처럼 느껴졌다.

"저희 쪽에 와주신다면 마왕군이 승리한다 해도 목숨을 보장해드릴 수 있습니다. 만일 인간 측이 승리한다고 해도 저희끼리 입을 맞춘다면 이 일이 드러날 일도 없죠. 리스크는 적고, 보상은 큰 이야기라고 생각합니다."

"그렇군."

레너드가 순식간에 검을 뽑아 들어 랄프의 목덜미에 가져갔다.

"나도 어지간히 만만히 보였나 보군."

랄프는 그 행동에도 동요하진 않았지만, 이마에서 땀이 뚝뚝 떨어졌다.

"선금이 부족하셨습니까?"

"아니, 너 하나로는 생명의 보장이 충분하지 않아."

"……그 말씀은?"

목에 칼이 놓인 랄프의 목소리는 희미하게 떨리고 있었다.

"마인에게 우리의 생명을 직접 보장해 달라고 해. 그게 조건이다. 아니면 신용할 수 없어. 어차피 너희들 위에 있는 건 마인이겠지? 그 녀석들은 기사처럼 자존심이 강한 무리들이다. 인간과 달리 거짓말은 하지 않지. 하지만 너를 통해 이야기가 진행된다면 이야기에 차질이 생길 위험이 있어. 네가 멋대로 약속한 것뿐이다, 라는 이야기가 나올 가능성도 있으니까. 그러니 약속을 한다면 마인과 직접 이야기를 하지 않고서는 아무 의미가 없어.”

“마인과 직접? 아니, 전…….”

“베르젤라다. 알고 있겠지?”

“……어째서 그 이름을?”

랄프의 이마에서 식은땀이 끊임없이 흘러내렸다.

“난 마리카의 생존자다. 적의 우두머리 이름 정도는 알고 있어. 마인들의 정점은 마왕이지만, 현재 침공하고 있는 마왕군의 지휘봉을 잡고 있는 건 베르젤라지. 그 녀석에게 직접 보증을 받을 수 있다면 나중에 말이 바뀔 염려는 없겠지. 아닌가?”

인간을 태연히 배신하고 있는 랄프는 겉보기와는 달리 꽤 대담한 사내였지만, 레너드의 말을 듣고 동요하고 있었다.

‘마인에 대한 이해가 높다.’

사실 레너드의 말이 맞았다. 랄프는 베르젤라에게서 대략적인 명령을 받고 움직이고 있었다. 재량권은 꽤 컸다. 용사를 암살하는 방법도 그의 재량에 달려 있었다.

랄프가 인간을 배신한 이유는 인간 측이 패배할 가능성이 커서 그런 것도 있었지만, 그뿐만은 아니었다.

인간들 중에서는 마왕군으로 돌아선 자들의 조직이 존재하는데, 그 서열은 신분이 아닌 활동에 의해 결정된다. 마인들은 그 활동을 적절하게 평가하고, 능력이 있다고 판단하면 누구라도 등용해 주었다.

랄프는 한 상인의 밑에서 견습부터 시작해 오랜 세월 일해 왔지만, 주인 상인이 혈연을 중시한 탓에 실력을 인정받지 못하고 계속 올라서지 못하고 있었다.

그 때문에 인간 사회 전체에 불만을 품게 되었고, 이후 마왕군에 속한 조직에서 일하게 되었다. 그곳에서는 조직에 공헌하면 할수록 지위가 올라갔다. 랄프는 처음으로 자신의 능력을 인정받게 되었다.

'아무런 제약 없이 힘을 인정해 주는 마인이 인간보다 더 우수한 게 아닐까?'

랄프는 그렇게 믿게 되었고, 점점 더 조직을 위해 힘쓰게 되었다.

현재 랄프는 조직 전체를 통괄하는 위치까지 올라가 있었다. 그 조직 안에서 랄프는 귀족이나 대상인보다도 지위가 더 높았다.

다만 지위가 올라갔다고는 해도 랄프는 자신의 힘만으로 올라온 사람이었기 때문에 중요한 일은 본인 혼자서 진행하는 경우가 많았다. 그래서 레너드의 소문을 듣고, 그에 대한 평판을 신중하게 조사하여 직접 조직으로 끌어들이기 위해 움직인 것이다. 인간을 경시하기 때문에 인간을 믿고 쓰지 못한다. 그것이 랄프라는 사내였다.

검으로 위협을 받은 랄프는 레너드라는 남자에 대한 인식을 재고했다.

조사에서는 '실력은 뛰어나지만 돈에 집착하는 모험가'라는 보고가 있었는데, 머리 회전도 빠른 것 같았다. 마인에 대해서도 잘 알고 있다. 또한 이야기를 나눠본 결과 합리적이고 명확한 판단을 할 수 있는 사내라는 인상을 받았다. 인간 사회에 대한 불신도 강하다.

'소개해도 문제없지 않을까.'

랄프는 머릿속으로 여러 번의 궁리를 거듭한 끝에 그런 결론에 이르렀다.

"알겠습니다. 만나게 해드리죠. 다만 저희가 지정한 장소로 오셔야 하는데 그래도 괜찮으시겠습니까? 마왕군의 세력권 안이 될 텐데요?"

그것은 양보할 수 없는 최소한의 조건이었다. 애초에 인간 측의 세력권으로 와달라고 부탁해 봤자 베르젤라는 응하지 않을 것이다.

"문제없어."

레너드는 검을 칼집으로 되돌렸다. 만족스러운 표정을 지은 채.

"나 외에 동료 세 명이 따라갈 거다. 그 녀석들도 직접 자기 목숨을 보장받고 싶을 테니까."

그것도 문제없다고 생각했다. 아무리 실력 있는 모험가들이라고 해도, 겨우 4명이다. 강력한 마인들에게 둘러싸인 상황에서 싸움을 벌이겠다는 바보 같은 생각은 하지 않을 것이다.

※ ※ ※

『어쩔 생각이지?』

그날 밤 예언자가 레너드의 방에 나타났다.

"보고 있었나?"

『보고 있었다. 넌 계속 이것을 기다리고 있었던 건가?』

"처음에는 네가 그런 존재가 아닌가 의심했어. 예언자 행세를 하며 나를 시험하고, 마왕군에 끌어들일 생각이 아닐까 하고. 그게 아니면 나를 유인해서 죽이려는 건가 생각했지. 어느 쪽이든 간에 설마 진짜일 거라고는 생각도 못 했지만."

레너드는 쓴웃음을 짓고 있었다.

『이것이 네 목적인가?』

"뭐, 맞아. 마왕군이 재침공을 시작한 이후로 계속 베르젤라를 물리칠 기회를 엿보고 있었어. 어떻게 접근할지, 어떻게 싸울지 고민했지. 다행이라고 해도 될지는 모르겠지만, 나는 평판이 안 좋다 보니 인간 측에 마물과 결탁한 조직이 있다는 소문은 자주 들려왔어. 다만 그 녀석들도 정말 용의주도해서 말야. 그들의 거점이 전쟁터와 가까운 서쪽에 있다는 것까지는 들었는데, 정확히 어디에 있는지는 알 수 없었어. 그래서 서쪽으로 향하면서 내 안 좋은 평판을 퍼뜨리고 다닌 거지. 뭐, 악평은 일부러 만든 건 아니지만."

『겨우 4명이서 베르젤라를 쓰러뜨릴 생각인가?』

"마왕군에 붙을 거라는 생각은 않는 건가?"

어깨를 떨며 레너드가 킥킥 웃었다.

『생각하지 않는다. 넌 그런 남자가 아니다.』

"지금 상황만 생각하면 랄프가 가져온 이야기는 나쁘지 않아. 인간 측은 열세. 마왕군이 모든 나라를 멸망시키는 건 시간문제겠지. 게다가 마인들은 이야기가 통하지 않는 무리가 아니야. 내가 아는 한 인간과 다르게 거짓말은 하지 않으니까. 오히려 여느 나라의 귀족 나리들보다야 더 나은 머리를 갖고 있지. 본인들에게 이득이 있다고 판단하면 어느 정도 인간을 남겨두는 일도 꺼리지는 않을 거야. 그렇다면 마왕군 쪽에 붙는 편이 더 현명한 선택일 수도 있겠지."

『거기까지 알고 있어도, 넌 싸운다는 건가?』

웃음을 멈추고, 레너드가 예언자를 똑바로 바라보았다.

"글쎄? 의외로 강한 마인을 눈앞에 두면 도망갈지도 모르지?"

『……넌 도망치지 않았다. 거기서 죽을 운명이다.』

"그렇군. 내 최후도 알고 있었던 건가. 그래서 계속 '서쪽으로 가지 말라'고 친절하게 충고해 줬던 거였군."

자신이 죽을 운명임을 알고도 레너드의 얼굴은 흔들리지 않았다.

『가지 마라, 레너드. 마지막 정도는 내 말을 들어라. 베르젤라는 강한 마인이다. 도망가는 건 부끄러운 일이 아니다.』

"그 부탁은 들어줄 수 없겠네. 이건 내 동료들의 바람이기도 해. 나도 그 녀석들도 마리카에서 살아남았지만, 거기서 한 발자국도 앞으로 나아가지 못하고 있어. 이기고 지는 문제가 아니야. 마리카에 두고 온 게 있어. 그걸 주우러 가야만 해. 나는 이제 두 번 다시 도망칠 수 없어."

『기회를 기다려라. 지금이 아니면 안 될 이유는 없다.』

"인간 측은 더 이상 버티지 못한다. 아닌가?"

예언자를 응시한 레너드의 눈빛은 고요함을 띠고 있었다.

『그것은…….』

레너드의 예상은 정답이었다. 이후 마왕군의 대공세가 시작되며 인간 측은 순식간에 무너져내린다. 아마도 분기점 중 하나겠지만, 이것이 뒤집혔던 적은 한 번도 없었다.

마왕에게 도달했던 솔론마저 전쟁을 무시하고 여행을 강행했었다.

'거기까지는 손을 쓸 수 없다'라는 것이 그 대현자의 주장이었다. 예언자도 그것이 옳다고 판단했다. 사람은 한 번에 여러 가지 일을 할 수 있을 만큼 만능이 아니니까.

"설령 네가 잘 해내서 용사가 마왕을 쓰러뜨린다 해도, 한번 잃어버린 목숨은 돌아오지 않아. 내가 모처럼 구한 유랑민들의 목숨도 끝장이지. 모처럼 거금을 털어 구한 건데 말야. 그럼 좀 아깝잖아?"

『네가 신경 쓸 일이 아니다. 자신의 목숨과 돈이 가장 중요한 거 아닌가? 돈이 전부라고. 근데 말하는 것과 하려는 것이 다르지 않나. 왜 죽는다는 것을 알면서도 넌 싸우려 하는 거지?』

"말해 두겠는데 난 죽을 생각은 없어. 죽는다고 말하는 건 너뿐이야."

『나를 못 믿는 건가?』

"믿어."

『뭐?』

"네가 언젠가 진짜 용사를 이끌 거라고, 나는 믿어. 백 년이 될지 이백 년이 될지는 알 수 없지만, 넌 세계를 구하기 위해 노력해 왔어. 정말 엄청난 노력이야. 그 노력은 언젠가 꼭 결실을 볼 거야."

그의 말투는 평소대로 농담처럼 들렸다.

『네가 나에 대해 뭘 안다고! 수백 년을 외롭게 걸어온 나에 대해 뭘 안다고 그러는 거냐! 내가 해 온 일 같은 건 아무도 기억하지 못한다. 아무도 모른다. 함께 여행을 한다 해도 금방 잊혀져 버린다. 나는 무력하다. 지금도 넌 내 말 따위는 듣지 않고 싸우러 가려고 하고 있지 않나!』

예언자는 언성을 높였다. 이런 일은 수백 년이 넘는 여행 중 한 번도 없었다.

"조금은 알아."

『뭐?』

"아마도 넌 여자고, 신분이 높고, 그리고 미인이야. 내 말이 맞지?"

유혹이라도 하는 것처럼, 레너드의 말투는 상냥하고 가벼웠다.

『……왜 그렇게 생각하지?』

"미인이란 자신감으로 가득 차 있는 법이지. 언제나 주위에서 칭찬을 받고 상냥한 대우를 받으니 비굴한 구석이 없거든. 네 목소리는 남자인지 여자인지는 알 수 없지만, 말투에서 그런 미인 특유의 자신감 같은 게 느껴졌어. 자신 있는 남자는 더 거만하고 자신의 올바름을 주장하는 경향이 있는데, 너에게는 그런 부분이 없었어. 그리고, 그 거만한 말투는 일부러 과장하는 것 같기도 했는데, 사용하는 말 자체에서는 익숙함이 느껴졌지. 흔히 말하는 고상한 말투 말야. 그래서 신분이 높다는 것도 짐작할 수 있었어. 남은 건 뭐, 대화의 내용이랄까. 어때?"

『……나는 아름답지 않다. 남에게 기생밖에 하지 못하는 추한 여자다.』

"그렇다는 건, 정답이군. 역시나. 그렇지 않을까 생각했어. 나는 미인은 금방 알아차리는 편이거든."

레너드가 딱, 손가락을 튕겼다.

『내 말을 못 들었나? 미인은 아니다. 이미 나이도 들었어. 딸이 있다. 게다가 사물의 미추는 외모만으로는 판단할 수 없다. 나는 여러 젊은이를 용사로 만들어 사지로 내보냈다. 나는 추하다. 나 자신이 싫다. 이제 이런 일은 계속하고 싶지 않아…….』

예언자의 목소리는 점점 가늘어졌고, 곧 사라질 것 같았다.

"죽은 녀석에 대해 마음 쓸 필요는 없잖아? 다시 시작하면 전부 다 없던 일이 되는 거니까. 그들은 죽지 않았어. 언젠가 네가 잘해서 성공하면 그만인 일이야. 게다가, 그 녀석들도 널 믿고 용사가 된 거야. 거기에 거짓말은 없었을 거다. 어쩌면 나처럼 네가 미인이라는 사실을 알아차린 녀석이 있었을지도 모르지. 그렇다면 너에게 목숨을 걸 만한 가치가 있다고 생각해서 이야기를 받아들였을 수도 있고. 마음 편히 생각하라고."

레너드는 어깨를 으쓱했다.

『위로 같은 건 필요 없어! 당신이 나에 대해 뭘 안다고 그러는 거야?! 다시 시작한다 해도, 죽은 자들의 얼굴은 언제까지나 내 머릿속에 박혀 있어. 매일 밤 꿈속에 나타나. 고통받으며 죽어가던 그 광경이. 물론 다시 시작하면 그들은 살아 있을지도 모르지. 하지만 내가 한 일은 나 자신이 언제까지나 기억하고 있어. 없던 일로 만들 수가 없어. 내 죄는 언제까지나 내가 기억하고 있으니까. 모두가 나를 잊는다고 해도, 나는 모두를 잊을 수가 없어…….』

예언자가 꾸며내던 말투는 완전히 본연의 말투로 돌아와 있었고, 그 말에는 눈물이 섞여 있었다.

반복할 때마다 다른 이들은 모두 잊어버리고, 자신만이 홀로 실패와 죄를 쌓아간다.

일족의 의무와 딸을 향한 사랑, 그리고 쓰러져 간 이들을 향한 속죄를 양식으로 삼아 여기까지 왔지만, 더는 한계였다.

"그럼 내가 기억해 줄게. 뭐 어려운 일도 아니잖아? 네가 기억할 수 있다면, 한 명 정도는 더 기억하고 있어도 이상하지는 않지?"

『아니. 그건 불가능해. 이건 신의…….』

"안타깝게도 나는 여자는 절대 잊지 않는 성격이거든. 확실하게 기억해 둘게. 네가 훌륭하게 마왕을 물리친 후에, 내가 증명해 주마. 만나서 이렇게 말할 거야.

'역시 미인이었네, 내가 생각했던 대로'라고 말이지. 즐겁게 기다리고 있으라고."

『레너드, 그럼 가지 마. 내 말을 들어줘.』

예언자는 매달리듯 말했다.

"그 말은 못 들어주겠네. 이건 우리들의 싸움이다."

『그럼 내가 당신을 이끌게. 당신이 성공할 때까지 몇 번이고.

그렇게 하면…….』

"그러지 마."

레너드가 다정하게 미소 지었다.

"6년 전부터 다시 시작한다 해도, 우리들은 마왕까지 도달할 수 없어. 그건 내가 제일 잘 알아. 시간을 낭비하지 마. 넌 네가 가야 할 길을 가. 걱정하지 마, 우리도 여러 번 다시 시작할 테니까. 그중 한 번쯤은 성공할 수 있겠지."

『그런 건…….』

──불가능해──.

그렇게 말하려 했지만, 예언자는 말을 삼켰다.

"예언자. 용사는 따로 찾아봐. 네가 몇 번을 다시 시작하든, 나는 이 선택을 할 거야. 미안하지만."

그렇게 말한 레너드는 침대 위에 몸을 눕혔다. 이야기는 여기서 끝이라는 듯이.

※ ※ ※

"의뢰라는 형식으로 당신들은 마왕군의 점령지 근처까지 와주셔야 합니다."

똑같은 가게, 똑같은 개인실에서 다시 한번 레너드와 얼굴을 마주한 랄프가 말했다.

"그곳에서 귀중한 물건을 회수해 오는 일입니다. 흔히 있는 이야기죠? 물건도 다 준비되어 있고, 실제로 그것을 원하는 돈 많은 귀족들도 존재합니다. 알리바이로서는 충분하죠. 아무도 마인과 만나고 있었다는 생각은 하지 않을 겁니다."

랄프는 코웃음을 쳤다. 악화되고 있는 이 상황에서도 망한 나라의 예술품을 탐내는 귀족의 심리를 이해할 수 없는 것이리라.

"그렇군. 난 거기서 베르젤라와 만날 수 있다는 건가."

술을 목구멍으로 넘기며 레너드가 미소를 지었다.

"네, 베르젤라 님은 유능한 자라면 누구든 인정해 주시는 분입니다. 거기에 인간과 마인의 구별은 없지요. 레너드 씨 일행에 대해서도 잘 알고 계셨습니다. 지금까지 여러 명의 마인을 처치해 온 강한 인간이라고 말이죠. 덕분에 이야기가 빨리 진행될 수 있었습니다."

랄프가 싱글벙글 웃었다. 이렇게나 쉽게 베르젤라가 레너드와 얼굴을 마주할 거라고는 생각하지 못했기 때문이다. 마인들이 조금이라도 난색을 표했다면 이 이야기는 무산되었을 것이고, 랄프는 레너드를 없애야만 했을 것이다. 그렇게 되면 상황이 더 복잡해졌을 것이다.

"……원망받고 있는 거 아닌가? 우리들은."

레너드는 술이 담긴 잔으로 시선을 떨어뜨렸다.

"그렇지 않습니다. 베르젤라 님은 합리적인 분이십니다. 당신들 정도의 실력자가 마왕군에 들어오는 걸 오히려 환영하고 계십니다. 그런 걱정은 마십시오."

레너드는 마인이 정당하다고 생각했다. 함께 어울리다 보면 분명 인간보다 더 나은 종족일지도 모른다고.

"다만……."

랄프의 눈이 진지하게 변했다.

"아무쪼록 괜한 생각만은 하지 말아주십시오. 말해 두겠습니다만 거기에는 베르젤라 님만 계신 것이 아닙니다. 호위하는 마인이나 마물들도 있습니다. 조금이라도 이상한 움직임을 보였다간 죽임을 당할 수도 있습니다. 다른 인간들을 도와주려 해도 곧바로 들통날 겁니다. 모든 곳에서 감시의 눈이 있다고 생각해 주십시오. 저에게도 소개한 입장이라는 것이 있으니 부디 조심해 주시길 바랍니다."

랄프는 신중한 사람이다. 레너드를 어느 정도 신뢰하고는 있긴 하지만, 그럼에도 한 번 더 당부하지 않을 수 없었다.

"알고 있어. 마인들은 인간보다 더 똑똑하고 강하지. 우리가 다른 모험가나 기사단을 도와준다고 해도 그쪽에서는 다 들통날 거고, 싸운다 해도 반대로 우리가 당할 뿐이야. 다 알고 있다고. 아니면 내가 그런 바보로 보이나?"

"……그렇지 않습니다. 네, 말씀하신 대로 마인은 강합니다. 이제 와서 인간 측이 이길 가능성은 없습니다. 부디 실례를 하지 않도록 주의해 주십시오."

"알고 있대도."

레너드는 랄프의 어깨를 두드렸다.

"나는 내 목숨이 소중하고, 돈이 필요하다. 단지 그뿐이야. 인간이란 원래 다 그런 거잖아?"

※ ※ ※

숙소에 마련된 방 안에 우리는 모여 있었다. 고급스러운 방이라 훌륭한 책상과 인원수만큼의 의자가 준비되어 있었다.

거기에 더해 소피아가 마법으로 결계를 쳐두고 있기 때문에 이야기가 새어나갈 걱정은 없었다.

책상 위에는 한 장의 지도가 놓여 있다. 나는 그 한 지점을 가리켰다.

"우리의 마지막 목적지가 정해졌다. 마리카국의 왕도였던 가르나하자다."

손가락 끝으로 가리킨 곳을 동료들이 함께 바라보았다. 그 근처는 15년 전 전투가 있었던 곳이기도 했다.

"거기로 베르젤라가 오는 건가?"

에프세이가 나를 바라보았다. 그 눈은 약간 충혈되어 있었다.

"한 명이 아니야. 친구인 마인도 온다던데?"

"녀석이 온다면, 그것만으로 충분해. 다른 마인 따위는 상관없어."

"믿음직하네."

나는 웃었다. 아마도 베르젤라가 데려오는 마인들은 마왕 직속일 테니 엄청나게 강할 것이다. 정면에서 싸운다면 네 명이 힘을 합친다 해도 한 명이나 제대로 쓰러뜨릴 수 있을지 의문이었다.

"소피아, 마음의 준비는 끝났나?"

지도를 본 채 굳어 있는 소피아에게 말을 걸었다.

"끝났어. 이날을 위해 계속. 헛수고로 끝나지 않아서 정말 다행이야."

안경 쓴 마법사의 시선은 여전히 지도 위의 가르나하자에 고정되어 있었다.

느껴지는 감정들이 많을 것이다.

니나는 조금 무서워하는 것처럼 보였다. 죽으러 가는 것이나 다름없으니 당연한 반응이었다.

"니나, 신은 뭐라셔? 도망치래?"

나는 반쯤 농담 삼아 물었다. 그만두고 싶다면 그만두는 편이 좋았다. 나는 진심으로 그렇게 생각했다. 억지로 강요할 생각은 없었고, 자신의 솔직한 마음에 따라주길 바랐다.

"……저는 도망치지 않을 겁니다. 신이 아닌, 제 자신의 의지를 따를 겁니다."

니나는 나를 노려보았지만, 그 눈은 겁을 먹은 것처럼 보였다.

아마도 내가 자신을 현혹하려드는 약한 마음처럼 느껴지지 않을까. 그 심정은 충분히 이해한다. 나도 누군가가, '그만하자'라고 말해 주기를 마음 한편으로는 바라고 있었으니까. 그렇게 해서 모두 다 '없던 일'이 되고, 다들 멀리 도망쳐서 편하게 살아간다.

나쁘지 않다. 그럴 수만 있다면 얼마나 좋을까.

――하지만 그렇게는 되지 않는다――.

지금은 그럴 수 있는 상황이 아니다. 안타깝게도.

나는 어느새 루크 씨의 나이를 넘어섰다. 나에게 아이는 없지만, 지금이라면 그때의 루크 씨의 심정을 알 것 같았다.

루크 씨 역시 무서웠을 것이고, 가족과 함께 도망치고 싶은 마음도 있었을 것이다. 그 사람은 분명 용사였지만, 나와 같은 인간이었다.

하지만 거기서는 반드시 강한 모습을 보여야 하는 상황이었다. 루크 씨는 그것을 알고 있었다. 그래서 지금으로 이어진 것이다.

맡겨둔 것이 있다. 잊고 온 것이 있다.

그때 도망친 나는 용사가 될 수는 없지만, 그 흉내 정도는 낼 수 있을 것이다.

"그 말은 싸우지 않고 도망친 나한테 하는 말 같군."

나는 어깨를 으쓱했다.

"그럴 생각은……."

니나가 당황스러운 표정을 짓고 있었다.

"농담이야, 농담. 그래도, 여기서 '그만하자'라고 말해 줄 제대로 된 녀석이 없어서 좀 슬프네. 이 파티는 다들 정신 나간 녀석들뿐이야."

에프세이와 소피아는 웃고 있었다. 니나도 굳어 있던 얼굴이 조금은 풀렸다.

"그럼 갈까? 말해 두겠는데, 나는 죽을 생각은 없어. 준비는 완벽하게 부탁할게? 살아서 돌아오는 게 진짜 멋진 모험가라는 거니까."

※ ※ ※

현재 가르나하자는 마왕군의 점령하에 있으며, 전투 지역에서도 멀리 떨어져 있었다.

당연히 우리가 있던 도시에서도 상당히 멀다.

마차를 빌려 달려가긴 했지만, 그럼에도 3일이 걸리는 거리였다.

다만 마물들에 의한 방해는 일절 없었다. 소름 끼칠 정도로 아무것도 없었다.

베르젤라의 명령이 제대로 전달된 것이겠지만, 오히려 그것이 불안을 더 가중시켰다.

"마치 평범하게 여행을 하는 기분이네."

내 말에 모두가 고개를 끄덕였다.

잔잔한 여행이었다. 밤에는 모닥불을 둘러싸고 앉아 가벼운 잡담을 나누며 식사를 했다.

아마 도착한 곳에 아무도 없기를, 모두가 바라고 있지는 않았을까?

그리고 목적지까지 하루를 남긴 날 저녁, 불침번을 서고 있는 내 앞에 예언자가 나타났다.

『돌아갈 생각은 없습니까?』

여전히 목소리는 남자인지 여자인지 알 수 없고 나이도 느껴지지 않았지만, 그 말투는 온화한 여성이었다.

"아쉽지만 없어. 너도 계속 나만 따라다닐 게 아니라 다음 용사 후보를 찾아보는 게 좋지 않겠어?"

『찾을 겁니다. 저는 몇 번이고 찾을 겁니다.』

그 목소리에는 강한 의지가 느껴졌다. 의욕이 돌아온 것 같아 다행이다.

『하지만 이번에는 당신의 앞날을 지켜볼 생각입니다.』

"취향 한번 특이하네. 난 용사가 아닌데 말야."

『아니요, 당신은 용사입니다. 누가 뭐라고 해도. 비록 마왕을 쓰러뜨리는 자는 아닐지 몰라도, 당신은 용사입니다.』

"나는 그렇게 대단한 존재는 아니라고 생각하는데. 그래도 뭐, 기쁘네. 예언자님께 용사로 인정받다니. 마치 어린 시절 꿈이 이뤄진 기분이야."

그랬다, 내가 모험가를 목표로 한 이유. 그것은 동화 속에 나오는 용사를 동경했기 때문이다.

『저만 그런 건 아닐 거라 생각합니다. 분명 당신이 만나왔던 사람들도 당신 안에서 용사의 모습을 봤을 겁니다.』

"글쎄? 딱히 좋게 말하는 녀석은 없었는데. 뭐, 내가 그렇게 되도록 만든 탓도 있겠지만."

그것은 내가 선택한 길이었다. 돈을 위해서라면 뭐든 다 하는 모험가, 사회에 적응하지 못하는 괴짜. 마인들이 자기들 편에 끌어들이기에 안성맞춤이라고 생각되는 인간. 나는 그 모습을 연기해 왔다. 내 자신의 본질도 그와 비슷하니 별로 어렵지는 않았다.

그리고, 내 목적은 결실을 맺었다.

남은 것은 베르젤라에게 닿을 수 있을지 없을지 뿐이었다.

『다른 방법은 없었습니까?』

"더 현명한 방법이 있었다면 내가 알고 싶을 정도야. 베르젤라는 비유하자면 왕 같은 존재지. 평소에는 성 안에서 강한 기사들에게 둘러싸여 있어. 게다가 왕 본인이 강하기까지 해. 그런 녀석을 나 같은 모험가가 어떻게 쓰러뜨릴 수 있을까? 결국 그 안으로 뛰어들 수밖에 없지 않겠어?"

『다른 사람들에게 협력을 요청한다거나…….』

"랄프를 봤나? 어디에나 있을 법한 성격 좋아 보이는 사내야. 일처리도 능숙하지. 그런 녀석이 마왕군을 따르고 있었어. 어디에 배신자가 숨어 있는지는 알 방법이 없다고. 평민이든 귀족이든, 목숨이 아깝다는 사실에는 변함이 없으니까. 그런 상황에서 '도와줄게'라는 소리가 들려온다고 생각해 봐. 그 유혹에는 쉽게 저항할 수 없을걸? 나는 그런 녀석들의 심정도 이해해. 나도 도망친 비겁자니까. 그러니까 더더욱 그 누구도 믿을 수 없어. 지금의 동료를 선택한 것도, 내가 도망친 전쟁터에서 살아남은 존경할 만한 인물들이었기 때문이야. 우리들끼리 할 수밖에 없어."

『……제가 이끌었던 용사 일행 중에서도 인간에게 배신당한 자들이 있었습니다. 가장 먼저 용사로 선택했던 레온도 그랬죠. 그는 검성이라는 이름에 걸맞은 강인함을 가지고 있었지만, 설마 인간에게 배신을 당할 거라고는 생각하지 못했습니다. 귀족으로서의 고결함이 레온의 나약함이 되어 버린 거죠. 제가 이번에 이끌려고 했던 젊은 기사도 자긍심이 높은 사람이었습니다만, 누군가의 밀고에 의해 마인에게 습격당하고 말았습니다. 몇 번을 반복해도 그것만은 막기 어려웠습니다.』

예언자의 말은 마치 깊은 한숨처럼 들렸다.

"인간의 나약함이란 거지. 정정당당하고 결백하게 싸울 수 있는 인간이 무조건 다 강한 것만은 아냐."

나는 고개를 저었다.

"아마도 용사라는 건 불굴의 정신을 가진 투박한 인간이 아닐까? 무슨 일이 있어도 결코 포기하지 않을 것 같은 그런 사람. 물론 강한 것도 기본 전제겠지만, 그뿐만이 아니야. 마음의 강함이라고 할까? 그런 걸 갖고 있는 녀석이 용사가 될 수 있는 거지."

『그런 사람이 나타날까요?』

"있어. 용사란 말이지, 사실은 누구라도 될 수 있는 거야. 하지만 대부분 자신 안의 용사를 자기 자신이 죽여버리지. 15년 전의 나처럼 말이야. 하지만 인간은 많아. 끝까지 용사로서 남아 있는 녀석도, 어딘가에는 있을 거다."

내가 그렇게 중얼거렸을 때, 동료들이 자고 있는 마차에서 소리가 들려왔다.

불침번을 교대할 시간이 된 것이다. 우리의 대화는 거기서 끝났다.

※ ※ ※

멸망한 마리카국의 왕도 가르나하자.

15년 전 인간과 마물들이 격전을 벌였던 곳이기도 하다.

레너드 일행은 3일간의 여행을 거쳐 가까스로 이 땅에 도착했다.

그곳에는 15년 전 싸움의 상흔이 아직도 남아 있었다.

그 황폐한 도시 중심에 마인들은 있었다.

마인 베르젤라. 마왕군의 실질적인 지휘관으로 평가받는 자다. 마물이라고는 생각되지 않는 이지적인 붉은 눈동자. 사람의 두 배는 되어 보이는 체격에 몸은 갑옷 같은 검은 비늘에 덮여 있었다. 허리에는 인간의 대검과는 비교가 안 될 정도로 거대한 검을 매고 있다.

그 뒤에는 세 명의 마인이 대기하고 있었는데, 베르젤라보다는 약간 작은 체구였다. 몸은 역시나 갑옷과 같은 비늘에 덮여 있었고 비늘의 색깔은 빨간색, 파란색, 초록색으로 각각 달랐다.

빨간색 마인은 양손에 긴 전투용 도끼를, 파란색 마인은 거대한 창을, 초록색 마인은 역시 양손에 긴 곤봉을 손에 쥐고 있었다.

가르나하자로 들어가는 동안 마차에서 내린 레너드 일행은 천천히 마인들 앞으로 나아갔다. 거리는 꽤 멀었다.

『네가 레너드인가.』

베르젤라의 목소리는 낮지만 주위에 울려 퍼졌다. 마치 그런 류의 악기 같았다.

"맞다. 넌 베르젤라인가?"

『그렇다. 이야기는 들었다. 너희 네 명의 목숨은 이 베르젤라가 보장하지. 대신 인간 용사가 나타나는 대로 죽여라. 방법은 묻지 않겠다.』

베르젤라의 말은 간결했다. 필요한 최소한의 말뿐으로, 군더더기가 없었다.

“네가 직접 생명을 보장해 준다면 문제없다. 그보다, 네 호위는 뒤에 있는 3명뿐인가? 좀 허술한 거 아닌가?”

『이거면 충분하다. 너무 많이 데려오면 너희들이 겁을 먹고 모습을 드러내지 않을 가능성이 있다고 판단했다. 최선은 너희가 인간을 배신하는 것이다. 차선은 너희가 우리를 속였을 경우 너희를 죽이는 것이다. 어느 쪽이든 우리에게 이득은 있다. 그래서, 어느 쪽이지?』

베르젤라는 레너드 일행이 싸움을 걸어올지도 모른다는 것을 예상하고 있었다. 그것을 예상하고도 호위로 3명의 마인만을 데려온 것이다.

레너드의 이마에 살짝 땀이 맺혔다.

“무슨 말이지? 너희는 우리가 약속을 어길 거라 생각했나?”

『허언을 늘어놓는 것은 인간의 습성이다. 이해할 수 없지만 말이다. 하지만 너희들은 여러 마인을 쓰러뜨린 강자다. 그런 너희들을 죽이는 건 우리에게 의미 있는 일이다. 그러니 너희가 인간을 배신하든, 약속을 어기든, 어느 쪽이든 상관없다.』

베르젤라도, 그의 호위들도 태연했다.

레너드 일행이 습격을 감행한다 해도 그것을 당연하게 여기고 있었다.

“정말이지 마인이란 녀석은 빈틈이 없다니까. 조금은 놀라주길 바랐는데 말야.”

레너드는 검을 뽑았다. 에프세이는 창을 들었고, 소피아와 니나는 주문을 시전하기 시작했다.

『싸움을 택하는 건가, 인간? 승산은 없는데도?』

베르젤라도 검을 뽑았다. 칼날에 검은 오라가 감돌았다.

등 뒤에 대기하고 있던 마인들도 앞으로 나섰다.

이리하여, 레너드 일행의 마지막 싸움이 시작되었다.

※ ※ ※

싸움 같은 것은 몇 번이나 목격해 왔다.

처음에는 용사 일행의 승리를 기도했지만, 그 기도가 무의미하다는 것을 여러 차례 깨달았다.

나는 무력하다. 예언자의 모습으로 용사 일행의 적을 현혹하려는 시도를 해 본 적도 있지만, 환영은 움직일 수 없었기에 거의 도움이 되지 않았다.

점차 용사 일행이 열세가 되면 눈을 감기 시작했고, 때로는 환영과 동조하는 것을 멈추기도 했다.

하지만 나는 아마도 수십 년 만에, 어쩌면 백 년이 넘는 시간 만에, 레너드 일행의 승리를 기도했다. 신이 아닌, 자신이 믿는 무언가에게.

에프세이, 소피아, 니나가 세 명의 호위 마인을 유인했다.

생각해 보면 이 세 사람은 지금까지도 항상 마물들을 유인하는 방식으로 전투를 이끌어왔다. 어쩌면 베르젤라와 있을 싸움을 염두에 두고 있었을지도 모른다.

전사인 에프세이라면 몰라도 마법사인 소피아와 성직자인 니나가 마인과 직접 싸우는 것은 자살행위나 다름없었다.

하지만 이들의 움직임은 마법을 쓰는 자라고는 믿기 힘들 정도로 민첩했다.

아마도 마법으로 신체를 강화한 것이겠지만, 잘 달려서 적을 유인하고 있었다.

이는 단순히 마법의 힘뿐만이 아니다. 평소 훈련의 결과였다. 이제 보니 신발도 옷도 움직이기 편한 것을 입고 있었다.

마력은 재능에 의존하는 부분이 크다. 하물며 레너드의 파티는 모두가 서른이 넘었다. 더 이상의 성장은 거의 기대할 수 없다. 그래서 그녀들은 그나마 성장 가능성이 있는 신체를 단련했다.

물론 도망만 다니는 것이 아니다. 틈이 날 때마다 마법을 날렸다.

거기에는 자기 혼자서라도 마인을 쓰러뜨리겠다는 강한 의지가 엿보였다.

하지만── 살얼음판 같은 싸움을 벌이고 있다는 사실에는 변함이 없었다.

그들의 마법이 직격해도 마인들은 조금도 두려워하는 기색이 없었다.

얼핏 마인들이 고전하는 것처럼 보였지만, 그들이 한 번이라도 공격을 맞춘다면 승부는 거기서 끝이다.

그것은 에프세이도 마찬가지였다.

파란색 마인과 창으로 싸움을 벌이고 있지만, 마인의 거대한 창에 비하면 에프세이의 창은 지푸라기나 다름없었다.

서로 부딪힐 때마다 에프세이의 창은 크게 휘어져서 당장이라도 부러질 것 같았다.

지켜보는 것만으로도 속이 타들어갔다. 하지만 에프세이는 포기하지 않고 계속 싸웠다. 최대한 베르젤라에게서 마인을 떼어놓기 위해.

에프세이도 소피아도 나나도 목숨을 걸고 시간을 벌고 있었다.

레너드가 이길 것이라 믿고.

그 레너드는, 지금까지 결코 보여준 적 없는 필사적인 얼굴을 하고 싸우고 있었다.

평소처럼 가벼운 농담을 던질 여유조차 없이, 검은 오라를 뿜어내는 베르젤라의 대검을 아슬아슬하게 피하고 있었다.

나도 베르젤라는 처음 보았지만, 무시무시한 마인이었다.

검을 세로로 휘두르면 땅이 갈라지고, 가로로 휘두르면 폐허가 흔적도 없이 부서졌다.

검과 마법이 하나로 합쳐진 듯한 공격.

레너드는 그것을 두려워하지 않고 몇 번이고 베르젤라에게 접근을 시도했다.

곡예사 같은 화려한 몸놀림이었지만, 폭풍의 중심을 향해 나아가고 있는 것과 똑같았기에 여러 번의 후퇴를 피할 수 없었다.

아마도 베르젤라의 판단은 옳을 것이다. 레너드에게는 승산이 있어 보이지 않았다. 그럼에도 레너드는 계속 달려들었다. 몸을 비틀고, 강제로 밀어 넣으며 무리하게 폭풍우 속을 비집고 들어갔다.

한 번이라도 실수하면 목숨을 잃는 줄타기처럼.

몇 번이고 피하고, 몇 번이고 파고들고, 그런 노력이 몇 번이고 헛수고로 돌아갔다.

그럼에도 레너드는 계속 앞으로 나아갔다. 레너드가 마인과의 일대일 대결을 수도 없이 반복해 왔던 것은, 바로 이 순간을 위한 것이었다.

수십 번의 시도 끝에, 레너드는 처음으로 검을 휘둘렀다.

그 검은 베르젤라의 손끝에 희미한 상처를 입혔다.

하지만, 베르젤라의 움직임은 조금도 둔해지지 않았다.

레너드는 낙담하지 않고 다시 한번 베르젤라를 향해 달려들었다.

그것은 빗방울이 돌에 구멍을 뚫으려는 행위와 비슷해 보였다.

하지만 그렇게 조금씩 상처를 늘려가자 서서히 베르젤라의 움직임에 균열이 생겼다. 그것은 상처에 의한 것일까, 마음이 동요한 결과일까.

그리고 베르젤라에게 닿기 직전, 딱 한 걸음을 남겨둔 거리까지 레너드는 도달했다.

목을 향해 크게 검을 휘두른다.

——하지만 먼저 도달한 것은 베르젤라의 검이었다.

레너드가 치켜든 오른팔 팔꿈치부터 끝까지, 쥐고 있던 검과 함께 날아갔다.

『끝이다.』

베르젤라가 입꼬리를 올렸다.

"인간을 얕보지 마라, 마인!"

레너드는 고통을 내색조차 하지 않고, 오히려 팔이 잘린 반동을 이용해 회전하여 베르젤라에게 다가갔다.

남은 왼손으로 허리에 꽂혀 있던 단검을 뽑는다.

레너드가 카마인의 시신에서 빼앗아온 단검이었다.

——내가 이 녀석의 의지를 이어주마——.

처음 레너드를 봤을 때의 말이 머리를 스쳤다.

나도 모르게 무릎 꿇고 빌고 있었다.

그 검이 닿기를.

그것은 눈 깜짝할 정도로 찰나였다.

내 눈물이 뺨을 타고 흘러내리기도 전에, 레너드가 체중 전체를 실어 베르젤라의 목에 단검을 찔러넣었다.

기적 같은 일격—— 하지만, 검은 비늘을 관통해 박힌 장소는 약간 낮아서, 목 언저리에 가까웠다.

생명력이 강한 마인이라면, 그 정도로는 치명상에 이르지 못한다는 것을 나는 알고 있었다.

베르젤라가 처음으로 얼굴을 일그러뜨렸다.

그러나 그것도 아주 짧은 시간이었다. 마인의 오른팔이 레너드를 튕겨냈다.

단검은 베르젤라에게 여전히 박혀 있었고, 땅바닥에 떨어진 레너드는 왼팔로 간신히 상체를 일으키는 게 고작이었다.

당연하다. 반쪽이 된 오른팔에서는 피가 철철 넘쳐흘렀다.

베르젤라가 단검을 뽑았다. 붉은 피가 솟구쳤다.

『훌륭하다, 인간.』

그 목소리에는 아픔도 분노도 없고, 찬사만이 있었다.

『내가 인정한다. 너는 용사다. 그리고 용사는 이 베르젤라가 죽인다.』

“그거 영광이네…….”

레너드는 가벼운 농담을 던졌지만, 출혈로 인해 얼굴은 창백했다.

“하지만 언젠가 진짜 용사가 네 앞에 모습을 드러낼 거다. 설령 천 년이 걸리는 한이 있더라도, 그 녀석은 반드시 성공할 거니까.”

우연인지, 레너드의 시선은 모습이 보이지 않을 내 쪽을 향하고 있었다.

그는 평소처럼 웃고 있었다. 내가 싫어하던 경박한 웃음이다.

——하지만 지금은 그 웃음이 사랑스럽게 느껴졌다.

『네가 무슨 말을 하는지는 모르겠지만, 이제 끝이다.』

베르젤라의 대검이 무자비하게 떨어졌다.

주위를 둘러보자, 호위 마인을 멀리 유인하고 있던 에프세이 일행도 제 역할을 마치고 쓰러져 있었다. 세 명의 마인들이 이쪽으로 돌아오고 있었다.

끝이었다. 이번 나의 여행이 끝을 고했다.

그러나 거기에 평소와 같은 공허함은 없었다.

레너드는 나를 믿어주었다. 그리고 용사로서의 이상을 보여주었다.

나는 다시 시작할 수 있다. 몇 번이라도.

분명 이 결말도, 언젠가는 바꿀 수 있을 것이다.

가슴속에 잃어버렸던 불꽃이 켜지는 것을, 나는 느꼈다.

"루크 씨, 역시 난 무서워."

내가 그렇게 말하자, 루크 씨는 웃었다. 딱히 나를 무시하려는 것이 아니었다. 그것은 내 연약함마저 받아들인, 온화한 미소였다.

"그도 그럴 게, 죽으면 아무 의미가 없잖아. 난 당신처럼 멋진 사람이 되고 싶어서 모험가가 된 거야. 세계나 사람을 위해 싸우고 싶었던 게 아니라고. 돈이 갖고 싶었고, 여자에게 인기가 많았으면 했어. 단지 그뿐이야."

내 철없는 이야기를 듣고도 루크 씨는 조용히 고개를 끄덕일 뿐이었다.

"모험가란 원래 그런 거잖아? 의뢰를 받고 돈을 얻는, 그저 그런 직업일 뿐이라고. 세계라든가 나라를 지키는 건 평소 잘난 척 앉아 있는 왕이나 귀족들이 해야 할 일 아니야? 녀석들은 우리 평민들한테 세금을 걷어서 살고 있잖아. 이럴 때야말로 일을 해야 하는 거 아니냐고. 우리는 분명 돈을 위해 일하긴 하지만, 그렇다고 해서 목숨을 걸고 할 필요는 없어."

"그럴지도 모르겠군."

루크 씨는 난처한 표정을 짓고 있었다.

"그래, 그렇다니까! 그러니까 도망치자. 무조건 죽을 거야! 마왕군의 수는 엄청나고, 잔챙이만 있는 것도 아냐. 강한 마인도 많

아. 승산이 없다는 것 정도는 당신도 알고 있잖아? 지금이라면 도망칠 수 있어. 반드시!"

나는 루크 씨를 존경했다. 틀림없이 세상에서 가장 강하고 멋있는 사람이었다. 이런 곳에서 죽어서는 안 되는 사람이었다.

"이봐, 레너드. 도망가는 건 쉬워. 네 말대로 간단한 일이지. 사실 나도 도망친 적은 있어. 쓰러뜨리기 벅찬 마물과 조우했을 때, 어려움에 처했을 때, 뭐 여러 가지 이유였지만, 그럴 땐 대개 도망치는 게 다음으로 이어졌지. 쓰러뜨리기 벅찬 마물은 내가 더 힘을 기르면 쓰러뜨릴 수 있었고, 대부분의 난관도 준비만 제대로 갖추면 어떻게든 해결할 수 있었어. 하지만 말이지."

루크 씨는 내 눈을 응시했다.

"지금은 그래도 되는 상황이 아니야, 레너드. 도망치면 다음은 없어. 여기서 마왕군에게 밀린다면 인간 측은 단번에 무너질 거다. 그 사실은 너도 이해하고 있겠지?"

눈앞에 있는 것이 중요한 전투라는 것은, 나도 알고 있다.

지면 마리카국은 멸망이다. 주변 국가와 모험가들이 힘을 합쳐 마왕군을 막기 위해 지원을 오고 있지만, 그것이 무너진다면 다른 나라도 차례차례 쓰러질지도 모른다.

하지만 그게 뭐 어떻단 말인가?

어차피 남의 일일 뿐이다. 망할 나라는 망하면 그만이다. 힘없는 녀석들이 나쁜 것 아닌가. 마왕군도 무한하게 존재하는 것은 아니다. 도망쳐서 살아남았다가, 쫓아온 녀석들을 닥치는 대로 처치하면 된다.

게다가,

"루크 씨한테는 자크가 있잖아! 아이를 두고 죽으면 안 되는 거잖아. 여기엔 레이 씨도 있어! 루크 씨와 레이 씨, 두 사람 다 죽어버리면 남겨진 자크는 어떻게 해? 가장 보호해야 할 존재는 아이 아닌가?"

내가 생각하기에도 비겁한 설득이었다. 루크 씨와 레이 씨는 나와 같은 파티의 멤버이자 부부였다. 아이도 있다. 자크라는 남자아이다. 이제 여섯 살쯤 되었을 것이다. 나도 만난 적이 있는데, 두 사람을 닮아 다정하고 심지가 굳은 눈동자를 갖고 있었다.

"자크는 레이의 본가에 맡기고 왔어. 걱정하지 마."

그렇게 말하면서도 루크 씨는 눈을 내리깔았다. 걱정이 되지 않을 리가 없다.

"루크 씨와 레이 씨, 그리고 자크랑 셋이서 행복하게 살면 되잖아! 당신들한테는 그럴 만한 힘이 있어! 돈도 지금까지 벌었으니 꽤 모았을 거고. 여기서 희생할 필요는 없어. 귀족도, 돈을 가진 상인도, 다들 여기서 도망치고 있어. 그게 평범한 거야! 도망갈 수 있는 사람은 도망치면 되는 거라고!"

갈 곳 없는 무리들은 어쩔 수 없을지 모르지만, 돈이나 전력이 있는 녀석들은 모두 마리카국에서 도망쳤다. 인간이란 그런 것이다. 모두를 위해 싸우는 자들을 내버려두고, 자신들은 안전한 곳으로 떠나버린다.

싸우지 못하는 녀석이 도망치는 건 정당화될 수 있는 건가? 그런 건 불공편한 거 아닌가?

"레너드. 너는 내 아버지 이야기를 한 적이 있었지?"

"……그런데."

루크 씨의 아버지는 '변방의 용사'라 불리는 빈스라는 사람이었다. 아는 사람은 아는 유명인이기도 했다.

모험가도 아니면서 변방 땅에 사는 사람들을 위해 쥐꼬리만한 돈을 받고 마물 퇴치를 도맡아 하던 괴짜다. 분명 이 마리카국 사람이었던 것으로 기억한다.

"아버지가 살던 레틴 마을은 이미 멸망했어. 하지만 아버지는 마을 사람들을 구해 주기 위해 마지막까지 싸우다가 죽었다더군. 마을에서 도망쳐온 지인에게 들었지. '덕분에 많은 마을 사람이 살았다'라고 말야."

루크의 표정에는 슬픔과 자부심이 뒤섞여 있었다.

그것은 훌륭한 행동이었을지도 모른다. 확실히 용사로서 칭송받을 만한 행위일지도 모른다. 하지만,

"나는 모르겠어, 루크. 남을 위해 목숨 따위는 걸 수 없어. 자신이 살아야 그게 인생인 거 아닌가?"

"나는 말이지, 아버지를 좋아했어. 넌 나처럼 되고 싶어서 모험가가 됐다고 말했었지? 나는 아버지처럼 되고 싶어서 모험가가 된 거야. 네 말이 맞아, 레너드. 남을 위해 자신의 목숨을 걸고 싸우는 건 이해할 수 없는 행위야. 하지만 말이다, 그런 아버지의 등이 나는 참을 수 없이 보기 좋았어."

루크 씨는 웃었다. 거기에 비장함은 없었다.

"……난 내 아버지를 싫어해. 아버지가 멋있다고 생각한 적은

한 번도 없어. 빈스 씨처럼 등으로 인생을 말할 수 있는 그런 남자가 아니었으니까."

고향을 떠난 이후로는 한 번도 아버지를 만난 적도 없고 연락을 한 적도 없다. 남에 대한 생각은 하지 않고 오직 자기 자신의 안위만 생각하는 오만한 사내였다. 악인은 아니지만 주위와의 다툼은 끊이지 않았고, 돌아가신 어머니는 많은 고생을 하셨다.

"이봐, 레너드. 너는 도망가라."

루크 씨가 내 어깨에 부드럽게 손을 얹었다.

"널 겁쟁이라고 생각해서 말하는 게 아니야. 우리 모험가들은 자신이 죽을 장소를 결정할 권리가 있어. 전투 중이든, 침대 위든, 어느 쪽이라 해도 상관없어. 하지만 난 네가 죽을 곳이 적어도 여기는 아니라고 생각한다. 그건 중요한 거야. 모험가로서의 직감 같은 거지. 그러니까 네가 죽을 장소는 아마 여기가 아닐 거다. 레너드, 네가 목숨을 걸 장소는 네가 직접 찾아야 해."

"루크 씨. 나는 그냥 죽고 싶지 않을 뿐이야. 그런 그럴싸한 이유로 도망치고 싶은 게 아니라고!"

루크 씨는 나를 과대평가하고 있다. 나는 남을 위해 싸울 수 없는 한심한 남자에 지나지 않는다. 목숨을 바칠 장소는 아마 평생 찾지 못할 것이다. 분명 침대 위에서 죽을 때조차 '죽고 싶지 않아'라는 추한 생각만 하다가 비참한 죽음을 맞이하겠지.

"레너드. 지금은 그거면 충분해. 너는 네가 생각하는 것만큼 한심한 남자가 아니야. 그러니까, 가. 여기는 우리한테 맡겨. 살아남을 모험가도 필요해."

——살아남을 모험가도 필요하다——.

그 말이 면죄부가 되어주었다.

지금 이 전장에는 유력한 모험가들 대부분이 모여 있었다. 여기서 전멸한다면 어려운 의뢰를 해 줄 사람이 사라질 것이다. 그건 그거대로 누군가에게는 곤란한 문제였다. 나 한 명 정도는 살아남는 편이 분명 좋은 점도 있을 것이다.

나는 전쟁터를 뒤로했다.

"미안해, 루크. 난 역시 보잘것없는 대장장이의 아들에 지나지 않았어. 실력에 좀 자신이 있어서 모험가가 되긴 했지만, 본질은 자기중심적인 아버지와 똑같아. 당신처럼 훌륭한 아버지의 피를 물려받은 게 아니야."

끝까지 약한 자신을 변명하는 말밖에는 할 수 없었다. 나 자신이 한없이 한심하고 부끄러웠다.

"레너드, 뒷일은 너에게 맡기마."

뒤를 돌아보자, 루크 씨는 한 손을 들고 자신의 야영지로 돌아가고 있었다. 내가 도망가기 쉽도록.

그 후, 나는 도망갔다.

그 전장으로 향했던 모험가들은 루크 씨를 포함해 대부분 살아남지 못했다. 다만 이들이 시간을 벌어준 덕분에 왕국군이 제시간에 도착할 수 있었고, 마왕군을 밀어내는 것에 성공했다.

루크 씨와 다른 사람들이 목숨을 걸어준 덕분이었다.

만약 내가 남았더라도, 이 결과는 달라지지 않았을 것이다. 그저 시체 하나가 늘어났을 뿐이겠지.

하지만 가끔 꿈을 꾼다.

전쟁터에 남아서, 루크 씨와 함께 싸우는 자신의 꿈을.

10년이 넘은 지금도.

누가 용사를 죽였는가

예언의 장

"정말 가는 건가? 아레스."

그 남자는 의아한 목소리로, 앞서가는 밤색 머리를 한 젊은이에게 물었다.

남자는 키가 크고 훌륭한 체격을 갖고 있었다. 머리는 짧은 금발이었고, 얼굴 생김새에는 용감함과 기품이 공존했다. 등에는 대검을 매고 있다.

"물론이지, 레온. 예언자가 한 말이니까. '레너드라는 남자를 도와줘라'라고. 따르지 않을 수는 없잖아?"

아레스라고 불린 젊은이는 뒤를 돌아보며 난감한 얼굴로 웃었다.

"하지만 아레스. 레너드라는 남자에 대한 소문은 여기저기서 들었지만, 어느 것도 제대로 된 게 없지 않았나? 알칸도 지역에서도 하나같이 안 좋은 평판뿐이었다. 그 도시를 지키던 기사도 상당히 나쁘게 이야기했던 것 같은데? 그런 사내를 굳이 도와줄 필요가 있는 건가?"

"그 기사가 했던 말은 나도 기억해. '목적을 위해서라면 수단과 방법을 가리지 않는 남자다', '우리를 미끼로 사용했다'라고. 상당히 원망을 받고 있는 것 같더라."

그렇게 말하면서도 아레스는 걸음을 멈추지 않았다.

"그뿐만이 아니에요, 아레스."

하얀 수도복을 입은 긴 검은 머리의 여자가 뒤에서 조용히 아레스에게 다가가 그의 귓가에 입을 대고 달콤한 숨결처럼 속삭였다.

"직접 의뢰를 했다는 상인도 이렇게 말했다잖아요. '돈에 눈이 먼 남자다'라고. '신의도 없고, 용사와는 가장 연이 먼 사람이다'라고. 거의 경고하듯이 말하지 않았나요? 그런 사람과는 엮이지 않는 편이 좋지 않을까요?"

아름다운 여자였다. 스쳐 지나가는 자는 여자 남자 할 것 없이 모두 그녀의 미모에 넋을 놓고 뒤를 돌아보고 있었다.

그런 여자가 속삭여왔다. 남자라면 누구나 그 말을 들어줄 것 같았지만, 아레스의 태도는 전혀 변하지 않았다.

"하지만 말이야, 마리아. 나는 좀 마음에 걸리는 게 있었어. 확실히 그 사람들이 거짓말을 한 건 아니야. 하지만 나쁜 감정만 있는 것 같지는 않았어. 레너드라는 사람에게는 뭔가 있는 게 아닐까?"

아레스는 마리아와 똑바로 눈을 마주치고 대답했다.

자신과 마주해도 흔들리지 않는 눈빛. 그것은 마리아에게는 기쁜 일이었다.

"후후, 그런가요. 아레스가 그렇게 말한다면……."

"그러고 보니 가스탄 촌장의 태도는 좀 묘하긴 했지."

아레스와 마리아의 대화에 끼어든 것은, 아레스 옆을 걷고 있던 깡마른 사내였다. 보라색 마술사 로브에 큰 지팡이. 신경질적인 표정은 험악해 보여서 실로 마법사 그 자체 같은 느낌이었다.

"'그 사람에 대한 이야기는 별로 하고 싶지 않다'라고 말했지만,

어딘가 그를 감싸주는 것처럼 보이기도 했어. 소문만 들으면 레너드는 그 마을에서 운반된 곡물을 강제로 빼앗아 갔다고 하는데, 그 일에 대해서는 물어봐도 대답을 흐리더군. 좀 더 욕을 해도 충분한 상황이었는데……."

"응. 맞아, 솔론. 모두가 레너드를 나쁘게 말해. 하지만 지나치게 나쁘게 말해. 특히 직접적으로 관련되어 있던 사람들은 더더욱. 레너드라는 모험가는 분명히 어려운 의뢰를 해내 왔어. 하지만 그 일에 대해 감사하다는 말이 없어. 알칸도의 기사도, 엘데리아의 상인도, 가스탄의 촌장도. 그들은 공정하고 선량한 사람들이었어. 그런 사람들조차 레너드를 제대로 평가하지 않았다는 건 좀 이상해."

아레스가 솔론 쪽으로 고개를 돌렸다. 마리아가 얼굴을 찌푸렸지만 아레스는 눈치채지 못했고 솔론은 전혀 개의치 않았다.

"확실히 위화감은 있네. 하지만 아레스. 예언자가 가라고 한 곳은 가르나하자라고? 과거 마리카국의 왕도였지만, 지금은 마왕령이 된 곳이야. 너무 위험하지 않아? 나는 네 앞에만 나타나는 예언자도 그렇게 신용이 가지 않는데……."

솔론은 레너드보다도 더 예언자를 믿지 못하는 것 같았다.

"괜찮아, 솔론. 적어도 예언자는 나쁜 사람이 아니야. 그건 내가 보증할게."

아레스가 부드러운 미소를 지었다.

"정말? 몇 년 전부터 용사 후보가 될 가능성이 있던 자들이 마인에 의해 죽임을 당하고 있어. 로조로프 대삼림에서 습격해 왔던 그 마인도 우리를 노리고 있었지. 하물며 너는 예언자뿐만 아니라 왕에 의해 정식으로 용사로 선택된 사람이야. 마인들이 어떤 방법으로 널 죽이러 올지 알 수 없다고. 어쩌면 예언자도 마물이 연기하고 있을 가능성도 있어. 좀 더 신중해지는 편이 좋아."

"알고 있어, 솔론. 많은 사람들이 마인에 의해 살해됐어. 팔룸 학원 동급생들도 마찬가지고. 게다가……."

아레스의 갈색 눈동자에 깊은 슬픔이 깃들었다. 아마도 죽어간 동급생들을 떠올린 것이겠지, 하고 솔론은 생각했다.

"어느 쪽이든 마인은 언젠가 쓰러뜨려야 할 상대야. 가르나하자에는 베르젤라라는 마왕군의 지휘관에 해당하는 마인이 있어. 지금의 전황은 마왕군이 우세해. 이걸 뒤집으려면 베르젤라를 쓰러뜨려야 해. 레너드가 베르젤라를 쓰러뜨리러 가는 게 사실이라면 이건 좋은 기회라고 생각해. 용사는 마왕을 쓰러뜨리기만 하면 되는 게 아니야. 모두를 구해야 해. 마왕을 쓰러뜨려도 나라가 멸망해 버리면 무슨 의미가 있겠어. 그러니까 가자."

"그건 맞다. 단순히 쓰러뜨리기만 해서는 안 되지. 사람들을 구하는 것이 진정한 용사다."

레온이 아레스의 말이 옳다는 것을 인정했다.

"저도 그렇게 생각해요."

마리아가 믿음직스러운 얼굴로 아레스의 옆모습을 바라보았다.

"나는 나라를 미끼로 해서라도 마왕을 쓰러뜨리는 걸 우선해야 한다고 생각하지만…… 뭐 됐어. 용사는 너니까. 예언자가 비록 가짜라도 해도 내 안에서 그 사실은 바뀌지 않아. 내가 할 수 있는 일은 네가 가는 길을 조금이라도 편하게 만들어주는 것 정도겠지."

솔론은 심각했던 표정을 풀고 아레스의 옆을 계속 걸었다.

※ ※ ※

'마침내 여기까지 왔다.'

나는 환영을 통해 아레스의 모습을 바라보았다. 그 뒤로도 셀 수 없이 많은 세월이 흘렀다. 앞으로 나아갔다고 생각한 적도 있었다. 멀어졌다고 느낀 적도 있었다.

아레스가…… 자크가 용사로 선택된 것은, 그저 우연이었다.

내가 선택한 것은 아니다. 자신의 힘으로 용사가 된 소년이었다.

죽은 친구 아레스 대신 용사의 역할을 맡은 자크. 그의 앞에 모습을 드러내는 데엔 적지 않은 용기가 필요했다. 어떤 비난을 들어도 어쩔 수 없다고 생각했다.

——하지만 동시에 그가 그런 사람이 아니라는 사실도 알고 있었다.

『자크, 너를 용사로 인정한다.』

로조로프 대삼림에서 일어났던 사건 이후, 나는 자크의 앞에 모습을 드러내어 그렇게 이야기했다.

그때 자크는 슬픈 표정을 지으며 말했다.

"아니야, 예언자. 나는 아레스야. 그렇지?"

『……정말 그걸로 괜찮은가?』

“물론이지. 용사는 아레스야. 가능하면 모두의 앞에서도 그렇게 선언해 줬으면 좋겠어. 해 줄 수 있을까?”

난처한 미소를 지으며, 자크는 나에게 그렇게 말했다.

그뿐이었다. 아레스가 죽은 것은 내가 용사로 만들었기 때문인데, 그 일에 대해서는 일절 언급하지 않았다. 오히려 그것이 내 죄를 더 무겁게 만들었다.

훗날 나는 그가 원하는 대로 대중 앞에 모습을 드러내 아레스를 용사라고 선언했다.

레온, 마리아, 솔론 등 유력한 용사 후보들을 동반한 뒤 국왕에게도 용사로 인정받아 아레스는 명실상부한 용사가 되었다.

예전에 레너드는 말했다.

“아마도 용사라는 건 불굴의 정신을 가진 투박한 인간이 아닐까? 무슨 일이 있어도 결코 포기하지 않을 것 같은 그런 사람. 물론 강한 것도 기본 전제겠지만, 그뿐만이 아니야. 마음의 강함이라고 할까? 그런 걸 갖고 있는 녀석이 용사가 될 수 있는 거지.”

그가 말한 그대로의 인간이 마침내 나타난 것이다.

아레스는 이미 수많은 시련을 극복해 왔다. 용사를 죽이기 위해 찾아왔던 마인들도 모조리 쓰러뜨렸다.

그것은 아레스 혼자만의 힘이 아니라 동료들의 도움 덕분이었다. 레온은 어떤 마물이라도 쓰러뜨렸고, 마리아는 어떤 상처라도 치유했다. 솔론은 마왕군의 계략을 모두 간파했다. 기묘한 일이지만, 그들 세 사람은 자신이 용사였을 때보다 더 큰 힘을 발휘했다.

그들이라면 마왕을 쓰러뜨릴 수 있을지도 모른다.

그러나 이대로 진행된다면 전쟁 자체는 마왕군이 우세한 상태가 계속 이어질 것이다.

이미 손바닥에서 빠져나간 생명이 있다는 것을, 나는 알고 있었다.

하지만 레너드를 도울 수 있다면, 베르젤라를 여기서 쓰러뜨릴 수 있다면 많은 생명을 구할 수 있었다. 레너드 일행이 지키고자 했던 유랑민들도 구원받을 수 있을 것이다.

어쩌면 그것은 마왕 토벌과 더 멀어지는 일일지도 모른다. 나는 예언자로서 실격일지도 모른다. 그럼에도 나는 아레스가 레너드를 구해 주길 바랐다.

누가 용사를 죽였는가
예언의 장

『네가 레너드인가.』

마인 베르젤라의 목소리는 낮지만 주위에 울려 퍼졌다.

"맞다. 넌 베르젤라인가?"

『그렇다. 이야기는 들었다. 너희 네 명의 목숨은 이 베르젤라가 보장하지. 대신 용사 아레스를 죽여라. 방법은 묻지 않겠다.』

베르젤라의 말은 간결했다. 필요한 최소한의 말뿐으로, 군더더기가 없었다.

"네가 직접 생명을 보장해 준다면 문제없다. 그보다, 네 호위는 뒤에 있는 3명뿐인가? 좀 허술한 거 아닌가?"

『이거면 충분하다. 너무 많이 데려오면 너희들이 겁을 먹고 모습을 드러내지 않을 가능성이 있다고 판단했다. 최선은 너희가 인간을 배신하는 것이다. 차선은 너희가 우리를 속였을 경우 너희를 죽이는 것이다. 어느 쪽이든 우리에게 이득은 있다. 그래서, 어느 쪽이지?』

레너드의 이마에 살짝 땀이 맺혔다.

"무슨 말이지? 너희는 우리가 약속을 어길 거라 생각했나?"

『허언을 늘어놓는 것은 인간의 습성이다. 이해할 수 없지만 말이다. 하지만 너희들은 여러 마인을 쓰러뜨린 강자다. 그런 너희들을 죽이는 건 우리에게 의미 있는 일이다. 그러니 너희가 인간을 배신하든, 약속을 어기든, 어느 쪽이든 상관없다.』

"정말이지 마인이란 녀석은 빈틈이 없다니까. 조금은 놀라주길 바랐는데 말야."

레너드는 검을 뽑았다. 에프세이는 창을 들었고, 소피아와 나는 주문을 시전하기 시작했다.

『싸움을 택하는 건가, 인간? 승산은 없는데도?』

베르젤라도 검을 뽑았다. 칼날에 검은 오라가 감돌았다.

등 뒤에 대기하고 있던 마인들도 앞으로 나섰다.

※ ※ ※

에프세이는 파란색 마인과 싸우고 있었다. 창을 사용한 승부……라고 해도, 마인의 거대한 창에 비하면 에프세이의 창은 나뭇가지나 다름없었다.

하지만 에프세이의 목적은 이기는 것이 아니라, 파란색 마인을 유인하는 것이었다.

사실은 자신이 베르젤라를 쓰러뜨리는 역할을 맡고 싶었다. 하지만 레너드와 직접 승부를 벌였다가 패배해서 그 역할을 넘겨주게 되었다.

지금은 베르젤라를 쓰러뜨리기 위한 밑거름이 될 생각이었다.

적을 유인하는 것은 그동안의 전투를 통해 수도 없이 많이 해온 일이었다.

상대가 마인 한 명뿐이라 오히려 하기 더 수월할 정도다.

우선은 공격을 날려 파란색 마인의 주의를 자신에게로 돌렸다.

창과 창이 부딪쳤고, 에프세이의 창이 일방적으로 크게 휘어지며 팔에 저릿한 통증이 일었다.

그래서 다음에는 뒤로 물러서 상대를 유인했다. 그리고 낮은 자세로 거리를 좁히고, 상대의 목을 겨냥해 찔러 올리듯 재빠른 일격을 가했다.

이것은 상대가 몸을 움직여 피했지만, 그것은 예상한 일이라는 것처럼 에프세이는 추가로 찌르기 공격을 여러 차례 이어갔다.

그러나 이 찌르기 공격을 마인은 일부러 어깨로 받아냈다. 그러더니 창을 몽둥이처럼 휘둘러 에프세이를 날려버렸다.

폐허의 벽에 부딪쳐버린 에프세이는 곧바로 자세를 바로 하고 뒤로 몸을 피했다.

직전까지 자신이 쓰러져 있던 자리를 마인의 창이 꿰뚫었다.

마인의 어깨에서는 피가 흐르고 있었지만 조금도 개의치 않고 창을 휘둘러온다.

“좀 더 몸을 아끼는 게 어때?”

에프세이가 피가 섞인 침을 뱉으며 말했다.

『이런 건 상처 축에도 안 든다.』

마인이 대수롭지 않게 창을 찔렀다.

에프세이는 옆으로 뛰어 그 일격을 피했지만, 또다시 찌르기가 날아왔고, 그 창끝을 자신의 창끝으로 간신히 밀어냈다.

‘벅차군.’

창의 기량만을 따지자면 에프세이가 위였지만, 근본적인 힘의 차이가 너무 커서 기술만으로는 뒤집을 수 없었다. 그렇다고 에프세이가 도망가는 수단을 취하면 마인은 베르젤라 곁으로 돌아갈지도 모르고, 방어를 선택하면 브레스나 마법을 쓸 위험이 있었다. 마인의 공격 수단은 다양했다.

그렇기 때문에 어느 정도는 자신이 먼저 나설 수밖에 없었다.

'뭐, 그때에 비하면 나은가.'

압도적으로 불리한 상황임에도 불구하고, 에프세이는 웃었다.

상황만 따지고 보면 15년 전이 훨씬 더 끔찍했다. 어쨌든 자신은 당시 베르젤라에게 아무것도 하지 못했으니까.

창을 휘둘렀다. 마인의 힘에 의해 쉽게 제압당했지만, 그래도 공격을 계속 이어갔다.

약간의 틈을 노려 창을 찔러넣고, 세심한 주의를 기울여 마인의 창을 계속 피했다. 에프세이의 창이 마인에게 직격한다고 해도 치명상이 되지는 않겠지만, 마인의 창을 받게 된다면 에프세이의 목숨은 그 즉시 사라진다.

그런 아슬아슬한 싸움을 에프세이는 목숨을 걸고 계속 이어갔다.

적을 유인하며 싸운 덕분에 베르젤라와 충분한 거리를 확보하는 데에는 성공했지만, 끝은 너무 쉽게 찾아왔다.

마인의 창이 에프세이의 허벅지를 찌른 것이다.

거대한 창으로 보면 겨우 스친 정도였지만, 충분히 깊은 상처였다. 에프세이가 무릎을 꿇었다.

'이제 끝인가.'

자신의 역할은 충분히 했다고 에프세이는 생각했다. 시간은 벌었다. 그럼에도 베르젤라를 처치하지 못했다면, 그것은 레너드 때문이라고 생각하며 진땀을 흘리면서 웃었다.

바람처럼 마인의 창끝이 다가왔다. 다리가 서지 않으니 팔도 올라가지 않았다.

'드디어 마지막까지 싸울 수 있었어.'

에프세이는 이상하게도 후련한 기분이었다.

하지만——.

마인의 창끝이 갑자기 사라지고, 그 공격은 헛스윙이 되고 말았다.

『뭐야?!』

놀란 것은 오히려 파란색 마인이었다.

"조잡한 창 실력이군."

어느새 한 기사가 에프세이 근처에 서 있었다.

짧은 금발에 다부진 몸. 나이는 어리다. 이제 갓 스무 살은 되었을까. 양손에 마법의 빛을 띤 대검을 쥐고 있었다.

바스락거리는 소리를 듣고 마인의 창끝이 먼 곳에 떨어졌다는 것을 알았다.

상황으로 보자면 이 기사가 창끝을 베어버린 것 같았다.

하지만 그 순간을 에프세이도 마인도 포착하지 못했다.

『누구냐.』

파란색 마인이 뒷걸음질 치며 거리를 벌렸다.

"레온. 검성이다. 검을 빼라. 그대로 있으면 이길 수 없어."

자신을 레온이라고 소개한 남자는 마인에게 허리의 검을 뽑으라고 재촉했다.

그것은 여유에서 오는 것일까, 기사도를 중시해서 나온 행동일까.

마인은 조금 전까지 창이었던 막대기를 왼손으로 잡고 오른손으로 검을 뽑았다.

"준비됐나? 그럼 간다?"

그러나 레온이 움직이기도 전에 마인이 창끝을 잃은 창을 휘둘렀다.

——하지만 창을 쥔 마인의 왼쪽 손목이 허공을 가르며 날아갔다.

레온이 미끄러지듯 앞으로 나아가 순식간에 거리를 좁혀 마인의 팔을 베어낸 것이다.

레온이 그 정도로 빠른 것은 아니었다. 다만 그 움직임에는 놀라울 정도로 군더더기가 없었다.

다리의 움직임, 팔의 움직임, 중심의 이동, 검의 궤적, 몸의 손끝에 이르기까지 모든 것이 극에 달해 있는, 궁극의 검술이 그곳에는 있었다.

마인은 포효를 지르며 고통을 애써 잊고 오른손의 검을 휘둘렀다.

레온은 그 검의 궤도를 간파하고 마인의 왼쪽 겨드랑이에서 등 뒤로 빠져나가며 옆구리를 베었다. 이어서 통증 때문에 자신도 모르게 한쪽 무릎을 꿇은 마인의 목을 물 흐르듯 유연한 움직임으로 베어냈다.

아마 마인은 무슨 일이 일어났는지도 모른 채 절명했을 것이다.

"……어떻게 그렇게까지 완벽할 수 있는 거지? 어떻게 그 정도의 기술에 도달할 수 있는 거냐?"

에프세이가 숨을 헐떡이며 중얼거렸다.

"기초를 쌓아나간 것에 불과하다."

레온은 대수롭지 않게 그렇게 대답했다.

"나도 그 중요성을 친구에게 배웠지만."

기초? 다시 듣고 보니 레온은 딱히 특별한 것은 하지 않았다. 모든 움직임이 이상을 실현하고 있다는 것만을 제외하면. 다만 그 정도로 정점에 설 수 있는 인간은 존재하지 않는다.

"넌 누구지? 같은 인간인가?"

"검성이다. 인간이기 전에 말이다."

레온이 대담하게 웃었다.

※ ※ ※

소피아가 붉은 마인을 노리고 마법을 날렸다.

짧은 영창을 가진, 위력보다는 속도를 중시한 바람 주문.

머리를 겨냥한 바람의 칼날을 마인은 한 손으로 쳐냈다.

마인 입장에서는 무시해도 될 정도의 마법이었지만 확실하게 눈을 노리고 있어서 쳐낼 수밖에 없었다.

소피아는 계속해서 작은 마법을 날렸다.

어느 것 모두 위력은 낮지만 정확하게 급소만을 노리고 있어 마인은 싫어도 대응할 수밖에 없었다.

벨레라도 쫓아내듯 도끼를 휘두르며 소피아를 노리지만, 쉽사리 거리를 좁히지 못하고 있었다. 마법사치고 소피아의 움직임은 훌륭했다.

그리고 움직여도 숨을 헐떡이지 않고 주문 영창을 계속 이어갔다.

이는 소피아가 레너드의 동료가 된 이후로 훈련을 거듭한 성과였다.

"그 나이라면 마력은 크게 성장하지 않겠지? 하지만 지금까지 몸은 단련하지 않았으니 체력은 늘릴 수 있을 거다. 달리면서 마법을 외칠 수 있다면 싸움의 폭이 단번에 넓어질 거다."

레너드에게서 그런 말을 듣고 소피아는 순순히 몸을 단련했다.

레이도 똑같은 훈련을 반복했다는 말을 들었기 때문이었다.

하루의 일과로 달리기 연습을 과제로 부여하고, 숨이 차는 상태에서 마법을 외우는 훈련을 거듭했다.

처음에는 잘되지 않았지만 반년 동안 반복하자 주문을 외울 수 있게 되었다. 알칸도에서 홉고블린을 상대로 도망칠 수 있었던 것도 그 덕분이었다.

"그리고 시간이 있으면 마법의 정확도도 높여둬. 마력은 타고난 재능일지 몰라도 정확도는 노력이거든. 약한 마법이라도 타이밍만 맞으면 효과적으로 사용할 수 있어. 마인과 싸운다면 유효한 전술이 될 거야."

이것도 레이가 했던 마법의 훈련이라고 했다.

레너드는 어쨌든 마인을 쓰러뜨릴 방법을 고심하는데 여념이 없었다.

진심으로 이 네 명이서 베르젤라를 쓰러뜨릴 심산이었다.

베르젤라에게 많은 호위가 딸려 있을 경우, 소수 정예의 호위가 딸려 있을 경우, 운 좋게 단독일 경우 등 상황에 따라 작전을 짜두었다.

호위가 마인 셋뿐이라는 것은 그나마 상정하고 있던 상황 속에서는 나은 편이었다.

그렇다고 해서 싸움이 편해지느냐 하면 전혀 그렇지 않았다.

마법사가 마인 한 명을 상대한다니, 본래라면 있을 수 없는 일이었다.

그것을 체력과 마법의 정확도 향상으로 어떻게든 해내고 있었다.

……아니, 해내지 못했다. 이대로 가다가는 승산이 없을 것이다.

실제로 약한 마법만으로는 마인에게 아무런 대미지를 주지 못하고 있었다.

레너드가 세운 작전은 기본적으로 다른 세 명이 베르젤라의 호위를 유인하고, 레너드가 베르젤라를 쓰러뜨린다는 것을 전제로 삼고 있었다. 베르젤라를 쓰러뜨리면 레너드가 다른 세 사람을 도우러 갈 수 있기 때문이었다.

지금까지 했던 마인과의 싸움도 이날을 위한 훈련이었다. 늘 레너드가 마인과 싸웠고, 세 사람은 다른 마물을 유인했다.

이는 반대로 말하면, 레너드가 베르젤라를 쓰러뜨리지 못하면 모두 함께 죽는다는 뜻이기도 했다.

'빨리 도우러 와줬으면 좋겠지만…….'

솔직히 소피아는 도움은 거의 기대하고 있지 않았다.

설령 레너드가 어떻게든 이겼다고 해도, 자신은 버티지 못할 것 같다는 생각이 들었다.

'그래도 좋아.'

레이에게 도움을 받았음에도 불구하고 인생을 헛되이 살아왔다.

레너드에게 이끌려 다시 한 번 모험가로 돌아온 것에 후회는 없었다.

소피아는 오래 싸울 수 있도록 마력 소비가 적은 마법을 계속 사용하고 있었지만, 이제 곧 한계였다. 체력도 키웠다고는 하지만 어차피 마법사다. 하물며 마인과는 비교도 되지 않는다. 마법만으로 어떻게든 유지하고 있었던 거리가 서서히 좁혀지고 있었다.

'역시 레너드는 제시간에 도착하지 못할 것 같네.'

마지막 체력을 쥐어짜 뒤로 도망쳤다.

마인이 쫓아오는 것을 노려 자신이 사용할 수 있는 최대의 주문을 쏟아부을 생각으로.

그것은 생명을 마력으로 변환해 발동하는 금기된 술법이었다.

발동시키면 죽음은 면할 수 없겠지만, 마인을 길동무로 삼는 것은 가능했다. 다만 위력이 너무 높기 때문에 동료와의 거리는 최대한 벌려야 했다.

마지막 힘을 다해 달리고 있는데, 자신의 진행 방향에 한 남자가 서 있는 것이 보였다.

'누구지?'

보라색 마술사 로브에 큰 지팡이. 신경질적인 얼굴을 한 깡마른 남자였다. 어딜 어떻게 봐도 마법사로만 보였다.

"마인을 유인해서 자폭 주문이라도 외우려고 했던 건가? 뭐, 나쁘지는 않군. 너 정도의 마법사라면 그것 말고는 이길 가망이 없을 테니까. 어느 쪽이든 마인은 쓰러뜨릴 수 없었겠지만."

'내가 하려던 일을 굳이 입 밖으로 내뱉지 마!'

소피아는 그렇게 외치고 싶었지만, 남자가 주문을 외는 것을 듣고 말을 삼켰다.

『붉은 화염, 불의 정령, 피어오르는 불길, 고대 비술의 예지와 함께, 나의 부름에 응하라…….』

꽤 생략되어 있긴 하지만 소피아도 사용하고 있는 화염 마법 같았다. 게다가 영창 속도도 빠르다. 저것만으로도 주문이 성립될 수 있는 건가?

소피아가 놀라는 사이 남자는 손쉽게 마법을 완성했다.

뒤를 돌아보니, 홍련의 화염이 초고밀도로 수렴해 마인을 꿰뚫고 있었다.

마인은 마법에 대한 내성이 높기 때문에 본래라면 고위 화염 주문으로도 큰 대미지를 입히기는 어렵다. 하지만,

『끄아아아악!』

소피아가 외친 마법의 범위를 100이라고 한다면, 남자가 외친

마법의 범위는 겨우 1밖에 되지 않았다. 하지만 그 대신, 화염이 마치 붉은 빛처럼 마인의 몸을 관통했다. 화력이 경이로울 만큼 높은 것이 느껴졌다.

“바보는 마법을 배운 대로만 사용할 수 있지. 하지만 마법을 완전히 이해하고, 제어하고, 자신의 것으로 삼을 수 있다면 이런 것도 가능해. 내 친구와 함께한 연구의 성과이기도 하지만.”

남자는 마인과 소피아를 조롱하듯 말했다.

이제 겨우 스무 살 정도 되어 보이는 젊은이로, 남을 깔보는 듯한 그 태도는 거슬렸지만, 실력은 의심할 여지가 없었다. 소피아도 과거에는 천재라 불렸지만, 그에 비할 바가 아니었다.

“넌 누구지?”

“이 주문을 보고도 내가 누군지 모르는 건가? 마법사인데도 통찰력이 부족한 녀석이네.”

남자는 한심하다는 듯이 고개를 저었다.

“솔론이다. 사람들은 나를 대현자라고 부르지만 말야.”

솔론이 발사한 인페르노는 마인의 심장을 정확히 불태워 죽음에 이르게 했다.

※ ※ ※

본래 성직자는 회복역이었다. 전면에 나서서 싸우는 일은 없다. 그러나 아예 불가능하냐고 묻는다면, 그렇지는 않았다. 왜냐하면 신은 위대하니까. 어떤 기적도 가능하게 하니까.

물론 대가는 필요하지만.

지금 니나는 자신의 몸에 신의 힘을 담고 있었다.

'신내림'이라고 하는 기적에 의한 것이었다. 신을 자신의 몸 안에 강림시켜 그 힘을 얻는 비의였다.

물론 정말 신이 강림하는 것은 아니다.

엄밀히 말하자면 술자에게 그런 착각을 하게 만들고, 신을 최대한으로 자각할 수 있게 만들어 그 힘을 얻는 것에 지나지 않았다.

매우 효과적인 기술처럼 보이지만 사람은 신이 아니다. 당연하지만 받아들일 수 있는 힘에는 한계가 있고, 애초에 신체에 가해지는 부담이 컸다. 이렇게 신체를 강화할 바에야 전사들에게 싸움을 시키는 편이 더 효율적이었다. 따라서 고위 성직자라도 거의 사용하지 않는 방법이었다.

그것을 니나는 쓰고 있었다.

몸이 타는 듯이 뜨거웠다. 피가 끓어오르는 것 같고, 내장이 녹아내리는 듯한 느낌이었다. 이날을 위해 마물을 상대로 몇 번 시도해 보며 몸에 익숙해지기는 했지만, 마인이 상대라면 이야기가 다르다.

신체 능력을 약간 높이는 것만으로는 의미가 없다. 한계까지 받아들여서야 겨우겨우 초록색 마인을 상대할 수 있었다.

초록색 마인의 무기는 곤봉이었다.

휘둘러진 곤봉을 니나가 가볍게 피하자 갈 곳을 잃은 강렬한 타격이 땅을 부쉈다. 니나는 지체없이 앞으로 나아가 로드를 마인의 팔에 휘둘렀다.

신체를 강화하고 있다고는 하지만 결국 성직자다. 큰 대미지는 입히지 못한다.

그렇지만 괜찮았다. 니나의 역할도 에프세이와 소피아와 마찬가지로 마인을 유인하는 것이었다. 상대에게 '성가시다'라는 생각을 하게 만들면 그것만으로 충분했다.

게다가 '성직자 따위에게 구타를 당한다'라는 사실은 자존심 높은 마인에게 있어 굴욕이었다. 이 일은 레너드에게 들어서 알게 된 것이다.

"마인들은 저런 얼굴을 하고 있지만 기사처럼 자존심이 강한 녀석들이야. 그 부분을 좀 다치게 하면 열심히 쫓아와 줄 거다."

레너드는 끔찍한 사내였다.

사람의 목숨을 금화보다 가볍다고 말하고, 돈이 가장 중요하다고 단언했다.

그런 말을 그렇게 대놓고 말하는 이도 드물 것이다. 상인이라 해도 겉으로는 그런 말을 하지 않는다. 하지만 분명 돈은 소중했다.

레너드는 자신이 말한 대로 돈으로 유랑민들의 목숨을 샀다.

돈과 맞바꿔 거처와 식량을 마련해 다른 나라에서 피난 온 사람들의 생명을 구해 준 것이다. 그리고 지금 그 생명을 이어주기 위해 싸우고 있다.

자신들에게는 15년 전의 복수라는 의미도 있었지만, 이 전투가 의미하는 바는 컸다.

'그러니까 레너드가 실패하게 둘 수는 없어요.'

다시 로드로 마인을 때렸다. 마인은 성가시다는 얼굴로 얼굴을 구겼다.

곧바로 옆에서 날아오는 곤봉 일격을 뒤로 뛰어 피했다.

'몸이 너무 힘들어…….'

지금의 자신은 어지간한 전사보다 더 민첩하게 움직이고 있지만, 그만큼 몸에 가해지는 부담이 심했다. 고블린들과 싸우거나 홉고블린을 상대했을 때와는 비교 자체가 되지 않았다. 그렇게 오래 버틸 수는 없었다.

그럼에도 니나는 만족감을 느꼈다. 마인을 상대로 자신이 싸우고 있다는 사실에. 그때처럼 움츠러들었던 자신은 이제 없다. 그 사실이 기뻤다.

또다시 마인이 곤봉을 휘둘렀다. 순간적으로 몸의 반응이 늦어져서 로드로 막으려 했지만, 몸통째로 튕겨 나갔다.

몸이 한동안 공중에 떴다가 땅으로 곤두박질쳤다.

통증은 거의 느껴지지 않았다. '신내림'으로 인한 부담이 너무 큰 나머지 통각이 마비된 것이다. 하지만 움직임이 느려졌다는 것은 몸이 더 이상 견딜 수 없다는 신호였다.

바로 일어나려 했지만 무릎이 꺾였다.

'더는 안 되겠네요.'

니나는 죽음을 각오했다. 거기에 두려움은 없었다. 나는 15년 전에 죽은 것이나 다름없다. 그때 살아남은 것이 기적이었다.

……아니, 두려움 때문에 루크에게 신의 기적을 전하지 못하고, 자신만 살아남은 것에 부끄러움을 느끼고 있었다. 그 속죄의 의미로 계속 사람들을 도우며 살아왔다.

그것이 이제서야 겨우 사라지려 하고 있었다.
그때의 후회는 더는 없다.
다가오는 곤봉을 앞에 두고 니나는 눈을 감았다.

"어머, 신을 받아들인 건가요?"

예상했던 충격 대신 여성의 목소리가 들려왔다.
아름다운 음률 같은 목소리. 죽은 자신을 데리러 온 신의 사자인가 생각하며 니나는 눈을 떴다. 그러자 그곳에는 마인의 곤봉을 가는 지팡이로 막고 있는 검은 머리의 여인의 모습이 있었다. 보랏빛이 감도는 소피아의 머리카락과는 달리 그것은 어둠을 연상시키는 검은색이었다.
여자는 온몸에서 거룩한 황금의 기운을 내뿜고 있었다.
"……누구시죠?"
몸을 전율하며 니나는 물었다.
"제 이름은 마리아. 단순한 성직자에 지나지 않습니다. 아, 하지만 그 '신내림'은 당장 그만두는 게 좋겠어요. 그건 가짜니까요."
그녀가 말하지 않아도 이미 한계를 맞았던 니나는 '신내림'을 멈췄다. 급격하게 구역질을 동반한 극심한 피로와 엄청난 전신 통증이 몰려왔다.
"윽……."
고통을 참지 못하고 바닥에 쓰러진 니나를 보며 마리아가 미소 지었다.

"무리를 하시니까 그렇죠."

마리아는 왼손에 든 지팡이로 마인의 공격을 받아낸 상태에서 니나에게 오른손을 들어 기도를 했다.

"어?"

순식간에 니나의 피로와 아픔이 모두 사라졌다. 그야말로 기적이었다.

하지만 니나가 느낀 것은 감사도 기쁨도 아닌, 위화감이었다.

'불가능해요. 이런 신의 기적은, 저는 모릅니다. 저희가 사용하는 기술과는 근본적으로 달라요.'

그것은 같은 성직자이기 때문에 알 수 있는 감각이었다.

"당신은 도대체 누구신가요?"

"단순한 성직자예요, 성녀라는 분에 맞지 않는 이름으로 불릴 때도 있긴 하지만요."

다시 공격하기 위해 마인이 잠시 곤봉을 거두고 혼신의 힘을 다해 한 번 더 휘둘렀다.

"거슬리게……."

마리아가 마인을 향해 지팡이를 내밀었다.

황금빛이 마인을 감쌌다.

그러자 초록색이던 마인의 몸이 정화되듯이 하얗게 변해갔다.

『히익…….』

마인은 소리를 지르려 했지만, 그마저도 이루지 못하고 그대로 석상이 된 것처럼 말을 하지 않게 되었다.

"……뭘, 뭘 하신 건가요?"

니나는 공포에 질렸다. 그 힘은 틀림없이 신의 힘이었다. 그러나 그렇기 때문에 무서웠다. 지금까지는 멀리서 어렴풋이, 따스하게만 느끼고 있던 신의 힘이 바로 앞에서, 작열하는 불꽃처럼 느껴졌기 때문이었다. 무서움을 느끼지 않을 수가 없었다.

"뭐라니요?"

마리아가 니나를 돌아보며 희미하게 웃었다. 그 눈도 금빛이었다. 더 이상 인간의 것이 아니었다.

"정화의 힘이잖아요? 마인을 소금으로 바꿨을 뿐이에요."

그런 기적을 사용했다는 성직자의 이야기는 들어본 적도 없었다. 성전에 기록된 신의 업적이었다.

"신을…… 신을 그 몸에 받으신 건가요?"

"네, 이것이야말로 올바른 신내림. 신의 힘을 행사한 거랍니다."

마리아의 눈이 금색에서 검은색으로 변했다. 휘두르고 있던 황금의 기운도 사라졌다.

소금이 된 마인의 몸이 무너져내렸다.

"성녀……님?"

다시 본 마리아의 모습은 길고 고운 흑발에 맑고 새하얀 피부를 가진 절세의 미인이었다.

"……왜, 신을 직접 받아들이고도 무사하신 건가요?"

10살은 나이가 어릴 마리아를 향해 니나는 정중한 말투를 사용했다. 틀림없는 진짜 성녀라고 생각했기 때문이다. 다만 상상했던 성녀와는 상당히 달랐다. 그곳에 강한 신앙이나 순결함은 없었고, 나락의 저편에서 엿보이는 어둠이 느껴졌다.

"사랑이 있기 때문이죠."

마리아는 흰 뺨을 살짝 붉히며 부끄러운 듯 미소 지었다.

"사랑? 신에 대한 사랑 말씀이신가요?"

"후훗, 재미있는 말씀을 하시네요."

마리아가 웃었다.

"그런 것에…… 신에게 사랑은 필요하지 않습니다. 용사를 향한 사랑이 저에게 힘을 주고 있는 거예요."

그녀의 눈은 어디에도 초점이 맞춰져 있지 않았다.

"그와의 만남이 없었다면 저는 힘을 원하지도 않았을 겁니다. 그러니 이것은 사랑입니다. 신이 이끌어준 운명의 만남……."

"사랑……이요?"

니나는 떨고 있었다. 신을 그 몸에 강림시킬 수 있는 사랑이라니, 너무 무겁다. 그 사랑을 받고 있는 용사가 가엾게 느껴졌다.

"맞아요, 사랑입니다. 하지만 제가 신을 받아들였다는 사실은 비밀로 해 주시겠어요? 평소의 저는 뒤에서 조용하게 서 있는 청렴한 소녀니까요. 너무 과분한 짓을 했다고 여겨지는 건 곤란해요. 오늘은 당신을 구출하기 위해 어쩔 수 없이 신을 받아들인 거니까요. '저 성직자를 도와달라'는 부탁을 받고 말이죠."

마리아가 다시 한번 눈동자를 금색으로 빛내며 니나에게 고했다.

"네…… 알고 있습니다……."

니나는 마리아를 거스를 마음이 전혀 없었다. 정신을 차리고 보니 공포로 몸이 떨리고 있었다.

"……하지만 성녀님. 그런 힘을 갖고 계시다면 저희 동료 레너드를 도와주실 수 없을까요? 그는 지금 마인 베르젤라와 싸우고 있습니다."

공포를 억누르고 니나는 마리아에게 간청했다.

니나의 목적은 어디까지나 베르젤라의 타도였다. 마리아가 아무리 무서워도 그 사실만은 전하지 않을 수 없었다.

"문제없습니다."

마리아가 빙긋 웃었다.

"레너드를 도와주러 용사 아레스가 갔으니까요."

"용사 아레스…… 그분을 무척 신뢰하고 계시는군요."

"물론입니다. 설령 아레스가 죽는다고 해도, 제가 그를 되살려 내 보일 겁니다. 그렇게 되면 저희들의 유대는 더욱 견고해지겠죠. 상상만으로도 정말 근사하네요……."

마리아의 표정이 황홀하게 변했다.

'비뚤어졌어? 아니, 신과 동일화된 걸지도 몰라…….'

니나는 마리아 안에 자리한 신의 오만한 본질을 엿본 듯한 기분을 느꼈다.

※ ※ ※

검은 오라를 내뿜는 베르젤라의 대검을 피해 레너드는 몇 번이고 접근을 시도했다.

그것은 자칫 잘못하면 생명을 잃을 수도 있는 위태로운 줄타기

나 다름없었다.

그 줄타기를 레너드는 계속 반복했다.

거기를 좁혔다고 생각하면 손쉽게 후퇴해 버린다. 리스크와 리턴이 전혀 맞지 않는 행위였다. 제정신으로 할 일이 아니다.

그럼에도 레너드는 계속했다. 믿을 수 없을 정도로 강한 정신력이었다.

반복 속에서 미세한 틈을 찾아 베르젤라의 손이나 발에 자잘한 상처를 입혔다.

몇 번이고, 계속.

그러자 상처 때문인지, 레너드의 기백에 눌린 결과인지, 베르젤라의 움직임이 서서히 균열이 보이기 시작했다. 그 틈을 타 레너드는 딱 한 걸음을 남겨둔 거리까지 도달하는 데 성공했다.

지금이야말로 승부처라고 생각하며 크게 검을 휘두르는 레너드.

그러나 그 팔을 겨냥한 베르젤라가 검을 휘둘러 레너드의 오른팔 팔꿈치부터 끝까지 검째로 날려버렸다.

『끝이다.』

베르젤라가 입꼬리를 올렸다.

"인간을 얕보지 마라, 마인!"

레너드의 남은 왼손이 허리춤에 꽂혀 있던 단검을 빼내 온몸의 반동을 이용해 베르젤라의 목에 꽂았다.

그러나 찔린 자리는 목 언저리였고, 베르젤라의 검은 비늘을 제대로 뚫지 못해 상처는 얕았다.

베르젤라의 팔이 레너드를 튕겨냈다.

땅바닥에 나동그라진 레너드는 곧바로 왼팔로 상체를 일으켰지만, 그게 고작이었다.

하지만 베르젤라는 아무런 대미지도 없는지 태연하게 박힌 단검을 뽑아냈다.

“나름대로 값비싼 단검이었는데 말이지…….”

오른팔의 출혈로 인해 창백해진 레너드는 분한 듯 얼굴을 일그러뜨렸다. 마법의 가호를 가진 강력한 단검이라면 쓰러뜨렸을 수 있을지도 모르는데, 하는 후회가 들었다. 물론 그런 훌륭한 품질을 가진 단검은 쉽게 찾기 어렵겠지만.

『네 싸움은 훌륭했다. 아레스가 없었다면 네가 진짜 용사였을지도 모른다.』

자신에게 상처를 입힌 레너드를 베르젤라가 칭찬했다.

“그거 영광이네. 인간들 사이에서는 형편없는 놈 취급을 받았는데 말야.”

레너드가 자조했다.

『그래서 인간은 어리석다는 거다.』

베르젤라의 대검이 무자비하게 떨어졌다.

‘루크 씨. 역시, 나로는 안됐어…….’

다가오는 죽음을 레너드는 조용히 응시했다.

거기에 후회는 없었다. 나는 끝까지 했다, 이번에야말로 도망치지 않았다, 그런 마음이 있었다.

——하지만,

카앙, 하는 날카로운 소리를 내며 레너드 앞에 선 인물이 그 공격을 방패로 막아냈다. 방패와 검을 들고 있는 밤색 머리의 청년이었다.

그를 본 적은 없지만, 이상하게도 기시감이 느껴지는 등이었다.

베르젤라의 강렬한 일격에 그 청년의 발이 땅에 박혔다. 그럼에도 몸이 흔들리지 않는 것은 청년이 쌓은 수련의 결과였다.

『……누구냐?』

베르젤라가 의아해했다.

"아레스. 용사다."

올곧고 단호한 목소리로 청년은 대답했다.

'이 녀석이 용사인가…….'

어쩐지 레너드는 아레스를 순순히 받아들일 수 있었다.

레너드에게 있어 용사는 어디까지나 루크였고, 그 이외의 인간이 용사라는 것은 도저히 인정할 수 없다고, 지금까지는 그렇게 생각했었다.

『아레스라고? 넌 지금 알칸도에 있다고 들었는데…….』

베르젤라는 용사의 동향을 매번 보고받고 있었기 때문에 반대로 아레스가 여기 있다는 사실에 놀라고 있었다.

"내 동료들 중에는 그런 정보를 조작하는 데 특기인 머리 좋은 녀석과 음흉한 녀석이 있으니까 말야."

아레스가 씨익 웃었다.

『……뭐, 상관없다.』

베르젤라는 검을 뒤로 빼더니 다시 한번 강렬한 일격을 날렸다. 그것을 또 한 번 방패로 막아내는 아레스.

『네 힘은 동료의 강함 덕분이라고 들었다. 그렇다면 이는 용사를 처치할 최고의 기회나 다름없지.』

냉정한 판단으로 베르젤라는 생각을 전환했고, 이어서 공격을 가하기 위해 검을 무른 타이밍에 갑자기 얼굴에 불의 마법을 맞았다.

『무슨?!』

아레스가 방패를 들고 있던 왼손으로 마법을 날린 것이다. 그 동작을 들키지 않도록 방패로 가리고, 영창도 상대에게 들리지 않게 낮은 목소리로 외웠다.

베르젤라에게는 거의 대미지가 없는 마법이었지만, 시야를 빼앗기며 반사적으로 뒤로 물러나 급소를 감싸는 자세를 취한다.

아레스는 그것을 노렸다. 그리고 베르젤라의 머리나 심장이 아닌 대검을 쥔 오른손 힘줄을 베어낸다.

『끄윽?!』

결국 참지 못하고 대검을 떨어뜨리는 베르젤라.

아레스는 일정한 간격을 유지한 채 검을 휘둘렀다.

그것은 결코 무리하지 않으면서도 그저 착실하게 상대를 깎아나가는 조잡한 검이었다.

화려함도 없고, 재능도 느껴지지 않고, 그저 쭉 지루하고 투박했다.

『너는 정말 용사인가? 그런 검으로 인간의 용사를 자칭하는 건가?』

야비한 공격을 반복하는 아레스에게 베르젤라가 비난을 쏟아냈다.

대검을 잃은 베르젤라는 양손에서 날카로운 손톱을 뽑아내 다시 맞섰지만, 이를 예상한 듯 아레스는 말없이 계속 칼을 휘둘렀다.

서서히 베르젤라를 몰아붙이는 아레스.

다급해진 베르젤라는 주문을 외우려 했지만, 그의 입을 향해 날아온 날카로운 바람 마법에 의해 강제로 영창이 중단되었다. 모든 상황이 제대로 풀리지 않았다.

『우리 쪽이 강하다! 그런데, 어째서?!』

베르젤라가 울부짖었다.

"안타깝네."

그 목소리는 그의 등 뒤에서 들렸다. 동시에 베르젤라는 가슴을 관통당했다.

베르젤라가 그 존재를 완전히 잊고 있던 레너드가, 놓쳐버린 검을 왼손으로 주워들고 등 뒤로 돌아가 찌른 것이다.

『윽?!』

피를 토하며 움직임을 멈춘 베르젤라의 목을, 아레스는 주저 없이 찔렀다.

※ ※ ※

"고마워요, 레너드. 덕분에 베르젤라를 쓰러뜨릴 수 있었어요."

아레스는 미소 짓고 있었다. 레너드의 팔은 아레스의 회복 주문 덕분에 가까스로 지혈되었다.

레너드는 아레스를 응시하고 있었다. 아레스의 얼굴이 낯이 익었기 때문이었다.

싸우는 모습도, 그 눈동자도. 옛날에 동경하던 전사와 닮아 있었다.

"정말로 네가 아레스인 건가? 자크가 아니고?"

오른팔의 상처를 누르며 나도 모르게 그런 말이 나왔다.

아레스는 놀란 듯 눈을 동그랗게 떴지만, 그것은 한순간이었고, 곧 부드러운 표정으로 돌아왔다.

"자크는 제 사촌이에요. 닮았다는 말을 많이 들었어요. 레너드는 자크에 대해 알고 있나요?"

"사촌? 사촌이라고? ……아니, 자크와는 만난 적이 있어. 벌써 15년도 더 된 일이지만. 나는 자크의 아버지 루크, 어머니 레이와 같은 파티에 있었다."

"그렇……군요……."

아레스의 눈동자에 슬픔이 묻어났다.

자크의 사촌이라면 루크와 레이는 숙부와 숙모가 되는 셈이니 생각하는 바가 있을지도 모른다. 레너드는 왠지 나쁜 질문을 하고 있는 기분이 들어 화제를 바꿨다.

"그…… 어떻게 우리가 여기에 있다는 걸 알았지?"

레너드 일행이 가르나하자에 온 사실은 표면상 의뢰인인 랄프는 당연히 비밀로 했을 것이고, 자신들도 그 누구에게도 알려주지 않았다.

"예언자가 알려줬어요."

"예언자?"

용사를 찾아낸다는 수상한 존재. 레너드는 예언자를 싫어했다. 그림자에 숨어 남에게 지시만 하고 자신은 아무것도 하지 않는 그 존재가.

"레너드를 살려줬으면 좋겠다고. 그게 사람을 구하는 길로 이어질 거라고."

"나를?"

왜 예언자가 아레스에게 자신을 돕도록 지시했는지 전혀 짐작이 가지 않았다.

다만 베르젤라를 쓰러뜨리는 것은 많은 인간을 돕는 일로 이어지긴 한다. 그것을 위해 자신을 이용한 것이라고 생각하면 납득하지 못할 것도 없었다.

그런 생각을 하고 있을 때, 아레스의 등 뒤에 로브를 두른 누군가의 모습이 보였다.

그것은 눈 깜짝할 사이, 정말 찰나. 레너드는 자신이 잘못 본 거라 생각했다.

"……아레스. 너 혹시 망령 같은 거에 홀린 건 아니지?"

"아뇨, 그렇지는 않은 것 같은데요?"

"그렇군……."

두 사람의 이야기는 거기까지였다. 동료들이 합류했기 때문이었다.

사라졌던 레너드의 오른팔은 마리아의 마법에 의해 부활했다.

오른팔에 대해서는 완전히 포기하고 있던 레너드는 마리아의 힘에 크게 놀라 감사했지만, 같은 성직자 니나는,

"어? 왜 사라진 팔이 원래대로 돌아온 거죠? 이건 더는 사람이 일으킬 수 있는 기적의 범주가 아닌……."

그렇게 말하는 와중 마리아의 미소에 입을 다물었다.

그 후 니나는 마리아에게 접근하지 않았다.

또 솔론이 앞으로에 대해 레너드 일행에게 조언을 건넸다.

솔론은 랄프 일행의 조직에 대해서도 전부 파악하고 있었고, 베르젤라의 죽음을 이용해 그 조직을 궤멸시킬 작전을 고안해 냈다.

"어떻게 그렇게 앞일까지 알고 있는 거야? 좀 소름 끼쳐."

지나치게 앞을 내다보는 그 제안에 소피아는 약간의 공포를 느꼈다.

솔론은 그 반응에 조금 상처받은 표정을 지었다.

에프세이와 레온은 창술과 검술 이야기를 하며 서로 달아올랐고, 그러다가 실제로 대련을 벌이기 시작해 동료들에게 황당함을 샀다.

"너희들은 도시로 돌아가지 않는 건가?"

마지막으로 레너드가 아레스에게 물었다.

"저는 용사니까요. 마왕을 쓰러뜨리러 가야 해요. 게다가 마왕군의 지휘를 맡고 있던 베르젤라가 죽은 지금이라면, 마왕령의 더 깊숙한 곳까지 들어갈 수 있을지도 몰라요."

아레스가 당연하다는 얼굴로 대답했다.

베르젤라는 강력한 마인이었지만, 조직을 관리하는 능력을 인정받아 지휘관으로 임명된 것뿐이었다. 마인은 힘이 아니라 개개인의 재능에 따라 합리적으로 역할 분담이 정해진다. 베르젤라보다 강한 마인은 여전히 많았다.

"용사도 고생이네. 아레스 넌 그런 운명을 납득하고 받아들이고 있는 건가?"

레너드는 어깨를 으쓱하며 평소처럼 가벼운 농담조로 물었다.

레온 일행은 그 말에 조금 불쾌한 표정을 지었지만, 아레스는 미소를 지었다.

"납득이라. 글쎄요. 솔직히 말하면, 지금도 제가 용사인지 아닌지는 모르겠어요. 가끔 생각하거든요, '세계 어딘가에는 정말 훌륭한 용사가 있을지도 모른다'라고. 하지만 제가 진짜든 가짜든 마왕을 쓰러뜨리면 그것만으로도 충분하다고 생각해요. 확실히 힘들긴 했지만, 저는 그게 제 역할이라고 생각하니까요."

"역할?"

레너드는 아레스의 말이 조금 마음에 걸렸지만, 곧 잊어버렸다.

"그래? 하지만 너희들이라면 분명 마왕을 쓰러뜨릴 수 있을 거다. 쓰러뜨릴 수 없다면 반대로 더 쉽게 포기할 수 있을 테니까. 그러니까…… 마음 편하게 해."

그렇게 말하며 레너드는 아레스의 가슴을 가볍게 쿡 찔렀다.

※ ※ ※

베르젤라를 쓰러뜨리면서 마왕군의 지휘 계통에는 혼란이 빚어졌다. 그사이에 인간 측은 재정비에 성공했다. 이는 전쟁에 큰 영향을 미쳤고, 후일 '가르나하자의 기적'이라 불리며 용사 일행의 공적으로 칭송받게 된다.

'가르나하자의 기적'을 퍼뜨린 것은 레너드 일행이었다. 그들은 자신들이 전투에 참여한 사실을 숨겼다. 용사의 이름을 드높이고 사람들에게 희망을 주기 위해.

또한 솔론이 준 조언 덕분에 마인들과 결탁한 랄프 일행의 조직은 궤멸되었다. 그곳에서도 중심 역할을 한 것은 레너드 일행이었지만, 그들은 랄프 일행을 죽이는 것을 원치 않았다고 한다.

"자크는 레너드라는 모험가를 기억하고 있나요?"

그로부터 6년. 자크가 왕도로 귀환한 지 몇 달이 지난 어느 날의 일이었다.

호출된 자크는 왕비에게 그런 질문을 받았다.

왕비는 지하 신전에서 나오게 되었고, 지금은 왕성에 있는 방 안에 단둘이 있었다.

"기억하고 있어요. 가르나하자에서 마인 베르젤라와 싸우던 사람이었죠?"

"맞습니다. 당신이 제 부탁을 듣고 도와준 사람이죠."

자크는 왕비가 예언자라는 사실을 알고 있었다.

"그 레너드에게 무슨 일이 있나요?"

"이 성까지 데려와 주셨으면 좋겠습니다. 원래라면 제가 직접 만나러 가야 하겠지만, 무녀로서의 역할이 있는 이상 이 성을 떠날 수는 없거든요. 게다가 당신 이외의 사람이 마중을 나간다고 해도 그는 이곳에 와주지 않을 테니까요."

왕비는 미안한 표정을 지으며 말했다.

"그건 상관없지만, 레너드는 지금 어디에 있나요?"

"모릅니다."

왕비는 단호하게 말했다.

"네?"

"정보를 수집하긴 했습니다만, 아무래도 왕국 내에는 없는 것 같습니다. 국외에 있는 인간의 거처를 찾는 것이 어렵다는 사실은 당신이 직접 증명해 주지 않았습니까?"

"……그건…… 그렇죠."

자크는 머리를 긁적이며 쓴웃음을 지었다.

"하지만 당신의 친구들이라면 찾을 수 있을 겁니다."

친구라는 말을 듣고 자크는 세 사람의 얼굴을 떠올렸다. 분명 든든한 멤버들이기는 하지만, 왕비의 말에 순순히 따를 타입은 아니었다.

"네, 하지만 아마 그들도 바쁠 거예요."

현재 세 사람 모두 왕국에서는 큰 역할을 맡고 있었다. 그렇게 쉽게 움직일 수 있는 위치는 아니었다.

"괜찮습니다, 당신이 간다고 하면 알아서 따라갈 테니까요."

왕비는 아무 고민 없이 단언했다.

"알렉시아…… 님은 데려가지 않아도 되는 건가요?"

자신의 약혼자인 공주에 대해 자크는 물었다.

"이번에는 필요 없습니다. 딱히 도움이 되지도 않을 것 같고요."

왕비는 아무렇지도 않게 '내 딸은 필요 없다'고 단언했다.

모녀 사이는 화목한 편이었지만 왕비는 혹독한 오랜 경험으로 인해 사물의 판단이 빠른 경향이 있었다.

자크는 어떻게 해야 하나 잠시 고민하다가 일단 솔론에게 먼저 상담해 보기로 했다.

그리고 방을 나선 타이밍에 마침 걸어온 마리아와 마주쳤다.

"어머, 자크. 성에 와 있었군요?"

화사한 미소를 지어 보이는 마리아.

우연을 가장하고 있지만, 자크가 왕비와 만나고 있다는 사실은 이미 파악이 끝났다. 물론 타이밍 좋게 걸어온 것도 의도한 것이었다.

"아, 마리아. 잠깐 왕비님이 부르셔서."

"왕비님이 자크에게 무슨 용건이라도 있으셨나요?"

마리아가 고개를 갸우뚱했다. 고개를 기울이는 그 각도, 그 뒤의 올려다보는 눈빛, 전부 계산된 완벽한 자세였다. 화가나 조각가가 보았다면 이 모습을 영원한 것으로 남기기 위해 자신들의 소재로 삼았을 것이다.

그러나 자크는 마리아에 대한 내성이 워낙 높은 탓에 효과는 미미했고, 그의 태도는 크게 달라지지 않았다.

"사람을 좀 찾아달라고 부탁하셨어. 마리아도 혹시 기억해? 레너드라는 모험가 말야. 베르젤라와 싸우고 있었던."

"아, 그 사람 말인가요? 물론 기억하고 있죠."

거짓말이다. 마리아는 레너드를 까맣게 잊고 있었지만, 필사적으로 머릿속에서 기억을 더듬어 떠올렸다.

"그러니, 그 레너드 님을 찾고 계신다면 제가 도움을 드릴 수 있을 것 같은데……."

"하지만 마리아는 주교로서 해야 할 일이 많잖아?"

"그거라면 괜찮아요. 최근에는 젊은 사람들이 잘해 주고 있기 때문에, 제가 할 일은 거의 없거든요. 오히려 조금 외로울 정도예요."
마리아는 고개를 숙이고 어깨를 축 늘어뜨렸다.
물론 거짓말이다. 교회의 일은 마리아가 좌지우지하고 있었고, 마리아 없이는 운영되지 않을 정도로 그녀에게 의존적인 체제가 만들어져 있었다.
"그래?"
물론 자크도 마리아의 본성을 알고 있었기 때문에 있는 그대로 받아들이지는 않았다. 하지만 '그렇다면 도움을 받아도 될까?' 정도의 마음은 있었다.
"그럼, 나중에 뭔가 요청할 수도 있으니까, 그땐 부탁할게."
"네, 꼭 저에게 부탁해 주세요."
그렇게 말하고 자크는 떠났다.
마리아는 그 모습이 시야에서 사라질 때까지 지켜본 뒤 곧바로 교회로 발길을 돌렸다.
그 눈은 조금 전까지와는 다르게 얼음장처럼 싸늘했다.
"자, 누구에게 일을 시킬까요? 이번 일이 쓸만한 인간을 선별하는 좋은 기회가 될 것 같네요."
마리아는 머릿속으로 자신의 일을 떠넘길 인간 목록을 작성하기 시작했다.

"여어, 자크."
자크는 마리아와 헤어진 뒤 이번에는 성 출구 부근에서 레온을 만났다.

"안녕, 레온. 이런 데서 만나다니 별일이네."

"아니, 실은 널 기다리고 있었다."

레온이 입가에 미소를 띠었다.

"네가 왕비님의 호출로 성에 갔다는 소식을 들었거든. 무슨 이상한 일이라도 부탁받은 게 아닌가 하고 걱정이 돼서."

올곧은 남자였던 레온은 자신의 마음을 솔직하게 전했다. 마리아와는 정반대였다.

"소식이 정말 빠르네. 역시 백작님이라는 건가?"

"뭐, 그렇지. 정보는 금화보다 더 가치가 있다. 남의 위에 올라서는 자라면 더욱 그렇지. 되도록 빠르게 손에 넣기 위해 여러 가지 방법을 쓰고 있다."

뮬러 백작가는 레온이 당주가 된 이후 순조롭게 힘을 길러가고 있었다. 그것은 마왕 토벌 여행을 통해 다양한 경험을 하며 성장한 레온의 능력 덕분이었다.

레온 왈, '솔론이나 마리아 같은 녀석들이 세상에 존재한다고 생각하면 가만히 있을 수가 없다'라고 한다.

"그래서 왕비님은 뭐라시지? 물론 말할 수 있는 범위 내에서 해도 상관없어. 내가 도울 수 있는 일이 있다면 도와주마."

레온의 솔직한 태도에 자크가 얼굴에 미소를 지었다.

"정말 듬직하네. 사람을 좀 찾아달라는 부탁을 받았어. 혹시 기억나? 레너드라는 모험가."

"아아, 레너드 말인가. 당연히 기억하고 있다. '가르나하자의 기적'은 우리가 한 일로 되어 있지만, 실제로는 레너드 일행이 큰 역할을 했지. 그때 베르젤라를 쓰러뜨리지 않았다면 인간 측의 사망자는 더욱 늘어났을 거다. 숨은 공로자라고 해도 될 정도지."

백작이 된 레온은 당시와는 달리 레너드 일행을 높이 평가하고 있었다.

"왕비님께서 그 레너드를 찾아서 데려와줬으면 좋겠다고 부탁하셨어. 아마 포상을 내리실 생각이신 것 같은데, 왕국 안에는 없는 모양이야. 딱히 할 일이 없는 내가 찾아주길 바라시는 것 같아."

"흠, 새삼스럽다면 새삼스럽지만, 그들의 노력을 올바르게 평가한다는 건 나쁜 일이 아니니까. 좋아, 나도 함께 찾아주마."

"레온이 직접? 괜찮아? 백작 일로 바쁘지 않아?"

자크는 놀랐다. 힘이 되어준다고 해도 좀 더 간접적인 형태가 아닐까 생각했기 때문이었다.

"뭐, 내가 없어도 제대로 영지가 운영될 수 있는지, 왕국의 정치에 지장은 없는지, 여유가 있을 때 확인해 둘 필요는 있으니까. 게다가."

"게다가?"

"오랜만에 너와 여행을 해 보고 싶다."

그 말에 자크와 레온은 학생 때처럼 웃음을 터뜨렸다.

※ ※ ※

"그래서, 자크는 그렇다 쳐도 왜 너희들까지 딸려온 거지?"

저택의 주인인 솔론은 대놓고 못마땅하다는 표정을 짓고 있었다.

크게 다리를 꼬고 턱을 괴고 있다. 도저히 손님을 대하는 태도로는 보이지 않았다.

"아아, 레온은 이번 일로 도움을 준다고 해서 부탁한 거야. 마리아는…… 왜 솔론의 저택에 있는 거야?"

그 후, 자크와 레온은 함께 솔론의 저택으로 향했는데, 도착해 보니 어째서인지 마리아가 먼저 와 있었다.

"왜냐니요, 저도 도와드리겠다고 하지 않았나요?"

마리아가 화사하게 웃으며 말했다.

글쎄, 내가 그런 말을 했었나? 난 그때 '무슨 일이 있으면 부탁한다'라고만 말했던 것 같은데? 애초에 알려주지도 않았는데 어째서 마리아는 솔론의 집에 먼저 와 있는 거지?

그런 여러 가지 의문이 자크의 머릿속을 스쳐 지나갔지만, 도와준다면 든든한 아군임에는 분명했다.

"……응, 다들 날 도와주기 위해 온 것 같아. 하지만 역시 이런 일이라면 가장 먼저 솔론에게 조언을 구하고 싶어서. 힘을 빌려줬으면 좋겠어. 네가 아니면 어려운 이야기거든."

자크의 말에 기분이 언짢아 보이던 솔론의 표정이 부드러워졌다.

"흐음, 내가 아니면 어렵다니. 뭐, 그렇겠지. 의지할 게 힘뿐인 검성이나 남을 조종하는 것만 잘하는 성녀로서는 제대로 된 도움이 되지 않을 테니까. 의논할 일이 있다면 대현자인 나에게 먼저 도움을 청하는 게 맞지."

그 말에 방안의 공기가 단숨에 무거워졌다.

레온과 마리아가 매서운 눈빛으로 솔론을 노려보았다.

그러나 솔론은 검성과 성녀의 압력을 받고도 전혀 개의치 않았다.

“그나저나 레너드의 행선지라. 흐음, 당연하겠지만 모험가니까 술집에서 정보를 모으는 게 가장 합리적이겠지. 그다음에는 실제로 레너드와 접점이 있었던 의뢰인들에게 문의하는 것도 좋겠고. 우리가 아는 사람들이라면 알칸도의 기사, 노바리아의 상인, 가스탄의 촌장 정도일까.”

“녀석들은 레너드에 대해 별로 좋지 않게 말하지 않았나?”

레온이 지적했다.

“흥, 말의 겉모습만 보면 그렇게 생각할 수도 있지만, 사정을 고려해 보면 다른 면도 보이는 법이지. 너희들은 이해하지 못할지도 모르지만 말야.”

어머, 솔론이 그런 말을 하다니 의외네요. 친구도 적으면서.”

“진정한 친구란 거의 존재하지 않아. 대부분의 사람들은 서로 이용하는 관계를 미화시켜서 친구라고 속이고 있는 것뿐이지. 그런 것은 인간성을 판단하는 척도가 될 수 없다고. 그러니 친구가 적은 건 당연한 거야.”

솔론은 의미심장한 얼굴로 자크를 쳐다보았다.

그 시선을 받은 자크는 쓴웃음을 지어 보였다.

“나도 솔론을 이용하고 있을지도 모르는데…….”

“상관없어. 난 네 진정한 친구니까. 그런 차원은 이미 초월했지. 이 두 사람과의 관계와 나와 너의 관계는 달라. 나는 순수하게 널 위해 도움이 되고 싶어. 거기에 대가 따위는 필요하지 않아. 너도 그렇겠지?"

솔론이 열변을 토하며 물었다.

"……응, 확실히 너와의 관계에서 대가를 요구할 생각은 없어."

자크는 약간 주춤한 얼굴로 솔론의 이야기를 긍정했다.

"우정을 이성만으로 논하는 건 좀 그렇지 않나? 게다가 자신만 특별하다고 생각하는 부분이 바로 네 문제점이다."

레온은 어이없다는 표정을 짓고 있었다.

"그런 부분이 타인에게 불쾌감을 주는 거랍니다. 디저트 가게의 딸과는 잘 지내고 있는 건가요?"

마리아가 차가운 눈으로 내려다보았다.

"시끄러워! 그 이야기는 상관없잖아!"

솔론이 얼굴을 붉히며 부인했다.

※ ※ ※

오늘도 마물을 사냥하러 나섰다.

돈 없는 가난뱅이들이 '산에 고블린이 터를 잡고 있다'라며 도움을 요청해 왔기 때문이다.

"왜 돈이 부족하지도 않은데, 아직도 모험가 따위를 하고 있는 걸까, 나는."

고블린을 찾기 위해 산속을 헤치며 나는 그렇게 중얼거렸다.

"그게 네 취미라 그런 거 아닌가?"

에프세이가 웃으며 대답한다.

"취미 아니거든. 어느 쪽인가 하면 심심풀이 같은 거지. 하지만 이제 나도 나이가 있으니까 은퇴하고 싶다고."

나는 이제 30대 후반이 되었다. 몸도 힘들어지고 있다. 이제는 좀 쉬고 싶었다.

"변방의 용사로 추앙받던 빈스 씨는 마흔이 넘도록 혼자서 마물을 사냥하고 있었다잖아. 그에 비하면 우리는 넷이서 하고 있는 거니까 훨씬 더 수월한 거 아냐?"

뒤에서 소피아가 지팡이로 나를 찔렀다.

소피아는 마법사지만 그 이후로도 빼놓지 않고 단련을 쌓아 나이가 들었음에도 산행을 힘들어하지 않았다. 들어보니 몸을 움직이는 것이 건강과 미용에 좋다고 하는데, 그게 사실인지 아닌지는 의심스럽다. 다만 소피아는 여전히 그 미모를 유지하고 있긴 했다.

"용사의 일족과 같은 취급하지 말라고. 그 녀석들은 괴물이야. 난 어차피 대장장이의 아들일 뿐이라고. 애초에 비교 자체가 불가능해."

나에게는 빈스 씨도, 그 아들 루크 씨도, 손자인 자크도 모두 용사였다.

도저히 그렇게는 될 수 없었다.

"아니요, 레너드도 훌륭한 용사예요. 남을 위해 마물과 계속 싸우고 있잖아요? 비록 보수는 미미하더라도."

씩씩하게 선두를 걷던 니나가 뒤를 돌아보며 말했다. 이 녀석은 누군가를 위해 도움이 된다면 무슨 의뢰든 활발하게 임하고 있었다.

나는 보수가 적어도 좋다는 생각은 전혀 들지 않았다.

다만 마왕이 무너진 이후 온 세계가 황폐해진 상황이다. 돈을 내지 못하는 무리들이 많았기 때문에 싼값에 의뢰를 받고 있는 것뿐이다. 그것이 지금까지 질질 이어지고 있는 셈이었다. 용사처럼 행동한 적은 없다.

"용사 같은 건 수지가 하나도 안 맞는 장사야. 자크도 행복해질 수 있을지 없을지는 알 수 없어."

용사 아레스가 사실은 자크였다는 이야기는 이미 유명했다. 거짓말인지 진짜인지 알 수 없는 미담으로 세계 각지에 퍼져 있었다.

나에게 있어서는 다른 의미로 충격이었지만.

"왕국 같은 곳으로 돌아가지 않고, 자크는 그대로 정체를 숨기고 농촌에서 살아가는 편이……."

그렇게 말하려던 순간 목적했던 동굴이 눈에 들어왔다.

그러나 그 동굴 앞에는 모험가로 보이는 사람 네 명이 서 있었다.

"뭐야, 저 녀석들은? 다른 마을의 의뢰와 겹친 건가?"

에프세이가 귀찮다는 투로 중얼거렸다.

그렇다고 해도 딱히 문제가 되지는 않았다.

우리가 받은 의뢰의 보수는 정말 적었기 때문에, 뺏긴다 해도 큰 타격은 없었다. 하지만 무리 중에는 낯익은 사람이 있었다.

그중 한 명, 밤색 머리를 한 남자가 이쪽을 향해 손을 흔들고 있었다.

"자크……인가."

※ ※ ※

"찾아다녔어요, 레너드. 설마 돈이 없는 사람들을 위해 마물을 퇴치해 주고 있었다니."

자크는 순수한 미소를 지으며 레너드에게 말을 걸었다.

동굴을 거점으로 삼고 있던 고블린들은 이미 자크 일행에 의해 퇴치되었다.

레너드는 당황한 표정을 감추지 못했다.

"왜 너희들이 이런 곳에 있는 거지? 차기 국왕에 검성, 성녀, 대현자까지? 설마 이런 곳에 바캉스라도 하러 온 건가?"

"그럴 리가 없지 않나, 레너드."

레너드의 빈정거림에 레온이 대답했다. 거기에는 백작다운 위엄이 있었다.

"자크가 말한 대로, 너희들을 찾으러 왔다. 왕비님의 명령으로."

"왕비의 명령? 어째서지?"

레너드 일행은 단순한 모험가일 뿐이다. 본래라면 나름의 신분을 가진 자크 일행에게 경의를 표해야 한다. 그러나 레너드는 일부러 더 가벼운 말투를 고수했다. 그것이 레너드가 가진 모험가로서의 긍지이기도 했다.

"마왕군과의 전투에서 공을 세운 이들에게 왕비님이 보답하고 싶으신 모양이에요. 그러니 꼭 와주세요."

마리아가 미소 지었다. 부드럽지만 반론을 허락하지 않는 위압감이 느껴졌다.

니나가 무심코 한발 뒤로 물러났다. 아직도 마리아에 대한 공포심이 가시지 않은 모습이었다.

“공적? 우리는 왕국을 위해 움직인 게 아니야. 하고 싶어서 한 것뿐이지. 딱히 보답을 바라고 한 일이 아니라고.”

그 압력에도 아랑곳하지 않고 레너드는 거절했다. 마리아의 눈이 스윽 가늘어졌다.

“뭐…… 그 마음을 모르는 건 아냐.”

비뚤어진 사람이자 권력을 싫어하는 경향이 있는 솔론은 레너드에게 공감하고 있었다.

“하지만 저는 레너드가 와줬으면 좋겠어요.”

자크가 똑바로 레너드를 바라보았다.

“왜지?”

“여기 오기 전에 레너드 일행에 대해서 물어보고 다녔거든요. 각지의 술집은 물론 알칸도의 기사, 노바리아의 상인, 가스탄의 촌장 등에게요.”

“……그 녀석들이 나에 대해 뭐라고 말했는데?”

자크의 이야기에 레너드도 조금 관심을 보였다.

“얄미운 녀석이다, 라고.”

“큭큭큭…….”

레너드가 얼굴을 찌푸리며 웃었다. 우스워서 참기 힘들다는 듯이.

"사실 예전에 들었을 때도 비슷한 말을 들었어요. 베르젤라와 싸우기 전의 일이지만. '절대 용사의 동료가 될 만한 사람이 아니다. 돈에 욕심이 많고, 오직 자기자신를 위해서만 싸운다'라고 다들 말했거든요."

"그건 정당한 평가야. 실제로 난 그런 인간이다."

레너드는 어깨를 으쓱했다.

"그럴지도 모르죠. 하지만 이번에 다시 물어보니까 다른 이야기도 들려왔어요."

"다른 이야기?"

"알칸도 기사가 이렇게 말하더라고요. '이기기 위해서라면 수단과 방법을 가리지 않는 불쾌한 놈이었지만, 눈앞의 인간을 위해 싸울 수 있는 녀석이었다. 용사는 만인을 구하는 존재이지만, 그 녀석은 근처의 100명을 돕는 인간이니 용사의 동료로서는 추천하지 않는다'라고 말이죠."

"……."

레너드는 그 기사에 대해 떠올렸다. 분명 그 전투에서 아들을 잃고 레너드를 비난했었다.

"노바리아의 상인도 그러더군요. '엄청난 돈을 요구하긴 했지만, 그에 상응하는 일을 했다. 생명의 가치를 알고 있었다. 장사 상대로서는 만나고 싶지 않지만, 죽게 놔둘 수는 없었기 때문에 용사의 동료로 삼게 하고 싶지는 않았다'라고."

그 상인은 항상 나에게 불평만 하더니, 하고 레너드는 쓴웃음을 지었다.

"가스탄 촌장님은 '정말 얄미운 사람이었습니다. 남을 돕고 있으면서 저에게는 그 일을 일절 알리지 않고 위협을 해 오더군요. 횡령 사건에 엮일 저를 피해자로 만들고 싶었던 거겠죠. 만일의 경우가 생겨도 제 죄를 가볍게 만들기 위해서요. 정말 고약한 사람이에요'라고 말했어요. 다음에 한번 마을에 들러 달라는 이야기도 하더라고요."

레너드는 하늘을 바라보았다. 딱히 알아주길 바랐던 것은 아니다. 자신이 악역이 되어도 괜찮다고 생각했다.

"하여간, 폼 안 나게……."

불평하는 레너드에게 소피아가 말했다.

"넌 어차피 대장장이의 아들이고 착한 사람이니까, 나쁜 사람인 척해도 소용없어."

"그렇지" "맞아요" 하고 에프세이와 니나가 웃었다.

"뭐야, 너희들? 그렇게 왕족에게 칭찬을 받고 싶었어?"

레너드가 어이없다는 얼굴로 동료들을 쳐다보았다.

"당연한 거 아냐? 칭찬받는 건 기쁜 일이야. 네가 삐뚤어진 것뿐이지. 이런 일은 흔하지 않으니까 솔직하게 가면 되잖아."

소피아의 말에 레너드는 고개를 저었다.

"가봤자 왕국인데? 얼마나 먼 거리인지 생각해 보라고. 오직 칭찬을 받기 위해서 그런 쓸데없는 시간을 쓴다는 게 말이 돼?"

"아아, 그거라면 문제없어."

고집을 부리는 레너드의 말에 솔론이 끼어들었다.

"뭐?"

"가는 것도 오는 것도 내 마법이면 한순간에 끝나니까."
레너드의 마지막 탈출구를 대현자가 막아버렸다.

누가 용사를 죽였는가

예언의 장

대현자는 정말 뭐든 가능한 건가?

우리는 전이 마법이라고 하는, 동화에서나 들어봤을 법한 마법으로 정말 한순간에 왕국까지 갈 수 있었다.

너무 놀란 나머지 소피아의 입은 계속 벌어진 채였다. 같은 마법사이기 때문에 그 경이로움을 더 알 수 있는 것이리라. 이 녀석도 원래는 천재라고 불렸던 몸이다. 지금은 별 볼 일 없지만.

"내 저택의 마법진을 기점으로 삼아야 하니까 그렇게 편리한 건 아니지만 말야."

내심 자랑스러운 표정으로 솔론이 그렇게 말했다.

무슨 소리를 하는 거지, 이 대현자님은?

"맞아요. 이런 일은 별거 아니랍니다. 저도 머지않아 신의 기적으로 저승과 이승을 오갈 수 있게 될 테니까요."

경쟁하듯이 성녀 마리아가 그렇게 말했다.

……이 녀석은 대체 뭘 목표로 삼고 있는 거야?

솔론의 저택에서 성으로 향했다. 성문 앞에서는 수많은 기사들이 질서 정연하게 서 있었는데, 우리의 모습을 보자마자 검을 뽑아 들어 올렸다.

우리에게 경의를 표하는 건가?

"어서 오십시오, 레너드 공. 왕비님께서 기다리고 계십니다."

한 기사가 나와 공손하게 전했다. 이 녀석이 기사단장인 모양이다.

아무래도 우리를 맞이하기 위해 일부러 기다리고 있었던 것 같았다.

“우리 같은 놈들을 위해 굳이? 위의 명령이라 어쩔 수 없는 건가?”

무심코 입에서 빈정거림이 흘러나왔다.

“아니요, 이것은 저희가 멋대로 한 일입니다. 레너드 공 일행의 위업은 구전으로 널리 퍼져 있습니다. 민중을 구하기 위해 베르젤라에게 도전한 모험가로서 말이죠. 당신들 역시 용사였다고, 저희들은 그렇게 생각하고 있습니다.”

그렇지 않아, 라고 말하려다가 문득 기사가 허리에 차고 있는 단검에 눈이 갔다.

칼집에 들어가 있었지만, 세월이 느껴지는 훌륭한 명검이라는 것을 알 수 있었다. 아마 마법의 가호도 받고 있을 것이다.

기사가 내 시선을 눈치챘다.

“이 단검이 마음에 드십니까? 저희 가문에 전해 내려오는 가보입니다.”

그렇게 말하고는 단검을 뽑아 내게 건네준다.

생각했던 대로 마력을 두르고 있는지 칼날이 창백하게 빛나고 있었다.

왠지 그리움이 느껴졌다.

“좋은 검이네. 나한테 팔아주면 안 되나? 돈이라면 넉넉하게 치러줄게."

"애석하게도 이건 돈으로는 바꿀 수 없는 물건입니다. 하지만 만약 저희 가문이 파산 직전에 이른다면 레너드 님께 비싼 값에 팔도록 하겠습니다."

그 기사는 내 가벼운 농담에도 익살스럽게 답해 주었다. 기사치고는 좋은 녀석이다.

나는 단검을 기사에게 돌려주었다.

"이름이 뭐지?"

"카마인이라고 합니다."

……어디선가 들은 것 같기도 하지만, 흔한 이름이라고 하면 그만이었다.

우리는 성 안의 한 방으로 안내받았다. 흰색을 기조로 한 깔끔한 방으로, 고급스러운 가구들이 가득 놓여있어 마음이 놓이지 않는 곳이었다.

잠시 기다리고 있자 자크가 찾아왔다. 다른 일행은 함께 있지 않았다.

"제가 안내할게요."

"검성이나 성녀는 어쩌고?"

"다른 사람들이라면 성에 돌아오자마자 부하들에게 끌려갔어요. 오랫동안 부재중이라서 일이 밀려 있었거든요. 솔론도 저택에서 그대로 제자에게 붙잡혀 버렸고요."

자크는 웃고 있었다.

새하얗고 긴 복도를 우리는 천천히 걸어갔다. 이상하게도 사람의 그림자는 거의 없었다.

앞서가는 용사의 뒷모습은 그 사람을 떠올리게 했다. 딱히 닮은 느낌은 아니었지만, 역시 어딘가에서 그 모습이 보였다.

"자크."

그만 말을 걸어 버렸다. 멈춰선 자크가 뒤를 돌아보았다. 그 얼굴은 온화한 미소를 띠고 있었다. 아, 역시 부자가 맞네. 상당히 닮았다.

"나는 너에게 꼭 해야 할 말이 있었어. 사실은 더 빨리 말했어야 했는데. 너를 찾아내서라도. ……하지만 너와 처음 만났을 때, 아레스라는 말을 듣고 안심해 버렸어. 자크가 아니라 다행이다, 라고."

자크는 조용히 다음으로 나올 이야기를 기다리고 있었다. 내 뒤에 있는 소피아와 다른 애들은 어떤 표정을 짓고 있을까?

"……나는 20년 전에 도망쳤어. 동료였던 네 아버지와 어머니를 버리고 도망쳤다. 싸움이 시작되기도 전에 무서워져서 도망치고 말았어."

피가 날 정도로 주먹을 세게 쥐었다.

"나는 말이지, 정말로 겁쟁이에 구제불능인 놈이야. 남에게 칭찬받을 만한 인간이 아니야. 내가 해 왔던 일은 네 아버지인 루크 씨를 흉내 낸 거나 다름없어. 아니, 물론 그 사람이라면 훨씬 더 잘했겠지만, 그래도 '루크 씨라면 이렇게 하겠지'라고, 내 나름대로 생각해서 해 왔던 것뿐이야. 난 딱히 남을 돕고 싶었던 게 아니라고. 그저 루크 씨를 대신하기 위해 애써왔던 것에 지나지 않아. 그러니까, 칭찬을 받을 수는 없어. 나는 가짜야."

왕비와 대면하기 직전이 되어서야 나는 속마음을 털어놓았다.

지금에 와서야, 말이다. 최악의 타이밍이라고 해도 좋을 정도였다. 하지만 말하지 않을 수는 없었다.

자크는…… 여전히 조용히 미소 짓고 있었다.

"레너드. 지금 당신은 여기 있어요. 그거면 충분하지 않을까요? 가짜라든가, 진짜라든가, 그런 건 아무도 알 수 없을 거예요. 분명 신조차 말이죠."

자크의 눈동자에 슬픔이 깃들었다.

"저 역시, 외면했던 일이 있어요. 죄가 없는 인간 따위는 없어요."

——그래, 맞다. 이 녀석은 용사였다. 나 같은 것보다 훨씬 더, 짊어진 것도 버린 것도 많을 것이다. 분명 후회할 일이 많겠지. 그것은 지금도 자크를 괴롭히고 있을 것이 분명하다. 아직도 과거에 사로잡혀 있는 것은 나뿐만이 아니었다——.

어쩐지 마음속의 응어리 같은 것이 사라지는 기분이 들었다.

"갈까요? 분명 왕비님이 기다리고 계실 거예요."

아무 일도 없었다는 듯이 자크는 온화하게 재촉했다.

우리가 안내받은 곳은 웅장한 장소였다.

국왕이 알현에 사용하는 곳과는 다르지만, 그렇다 해도 꽤 넓었다.

그 가장 안쪽에, 왕비로 보이는 여자가 서 있었다. 물결치는 듯한 아름다운 금발에 푸른 눈동자. 흰 옷을 입고 있고, 그렇게 화려한 장식품을 두르지는 않았지만, 그것이 오히려 여자의 아름다움과 신성함을 더욱 돋보이게 만들어주고 있었다. 이것이 왕족의 오라라는 것일까?

그녀의 옆에는 그녀와 아주 닮은 얼굴을 한 조금 더 젊은 여자가 있었다. 아마 왕녀일 것이다.

기묘하게도 달리 사람은 없었다. 호위로 붙어 있어야 할 이들이 없었다.

권유를 받아 우리는 왕비의 앞으로 나아갔다.

어딘가에서 무릎을 꿇어야 할 것 같은데, 그런 예의는 나는 몰랐다.

뒤를 따라오는 전 귀족 소피아라면 알 수 있을지도 모르겠지만, 그렇다고 뒤를 돌아 확인해 볼 수도 없는 노릇이었다.

약 열 걸음 정도 남은 거리까지 다가가며 당황하기 시작하는 나를 보고, 왕비가 입을 열었다.

“어떻습니까, 저는 아름다운가요?”

왕비가 미소를 짓고 있었다.

뭐야, 그게?

확실히 왕비는 아름답다. 저런 큰 딸이 있다는 게 믿을 수 없을 정도로 젊었고, 길가에서 흔히 보기 힘들 것 같은 외모였다.

하지만, 오늘 처음 본 남자에게 갑자기 그런 것을 물어볼 수 있을까?

혹시 고귀한 여성을 만났을 때는 먼저 그 아름다움을 칭송하는 것이 예의이기라도 한 걸까?

하지만 옆에 있는 그녀의 딸인 왕녀도 놀란 얼굴로 왕비를 바라보고 있었다.

역시 이 왕비가 이상한 질문을 한 것이 아닌가?

어느 쪽이든 마음에 들지 않았다. 자크가 꼭 좀 같이 가달라고 부탁해서 따라오긴 했지만, 나는 귀족도 왕족도 싫었다. 사실은 마물이 쳐들어오면 이 녀석들이 앞장서서 싸워야 하는데, 언제나 뒤에서 명령만 한다.

나는 이대로 발길을 돌려 돌아갈까 생각하며 왕비를 노려보았다.

왕비는 미소를 띤 채, 내 시선을 정면으로 마주하고 있었다.

——아니, 저 얼굴은 그런 것이 아니다. 필사적으로 그런 표정을 짓고 있지만, 긴장하고 있었다. 게다가 당장이라도 울 것처럼 보이기도 했다.

왜? 왜 그런 얼굴을 하고 있지? 잘은 모르겠지만, 일단 '아름답습니다'라고 말하면 되는 건가? 내 머릿속에 이런저런 말들이 맴돌았다.

그리고 입에서 튀어나온 말은, 나 자신도 예상하지 못했던 것이었다.

"그래 당신은 아름다워. 목숨을 걸 가치는 있었어."

후기

도망치는 것은 결코 나쁜 일이 아닙니다. 사물에 정면으로 마주하거나 싸우는 것은 위험이 있기 때문에, 상처를 입거나 불쾌한 경험을 할 수 있습니다. 심지어 이긴다고 해도 얻는 것은 적을 수 있습니다. 도망칠 수 있다면 도망치는 것이 좋겠죠.

다만, 저에게 있어 도망친 일은 적지 않게 후회나 마음의 짐이 되었습니다.

그래서 싸웠던 기억도 필요하지 않을까, 해를 지나면서 그런 생각을 하게 되었습니다. 전작의 후기에서 '서점 대상을 받고 싶다'라고 적은 것은, 그런 마음에서 비롯된 것이었습니다. 하지만 그 단순한 것을 쓰는 것조차 올드 루키인 저에게는 너무 부끄럽고 두려운 일이었습니다. 말하지 않았다가 선정되었을 때 '선정될 거라고는 생각하지 못했다'라고 말하는 게 더 멋있어 보이기도 하니까요. 하지만 그렇게는 하고 싶지 않았습니다.

결과적으로는 상위 10개의 작품에도 들지 못했습니다.

'당연하다'라는 생각도 들었고, '아쉽다'라는 생각도 들었습니다. 다만 상을 받고 싶다고 선언한 것에는 후회가 없습니다.

제 인생에서도 한 가지 자랑할 일을 만들 수 있었다고 생각합니다.

설마하던 2권!
이대로라면 마리아 씨는
엄청난 괴물로 자라날 것
같네요……
2024. 길일
toi8

누가 용사를 죽였는가 -예언의 장-

2025년 11월 15일 1판 1쇄 발행

저　　자 다켄
일러스트 toi08
옮 긴 이 이소정
발 행 인 유재옥
담당편집 정영길

이　　사 조병권
편 집 팀 정영길 조찬희 박치우 이소의 정지원 최유정 김혜주
디자인랩팀 김보라 전세연
디지털사업팀 김지연 윤희진 장혜원
라이츠사업팀 김정미 이지현 유아현
영업마케팅팀 최원석 윤아림
물 류 팀 백철기
경영지원팀 최정연
인쇄제작처 ㈜코리아피엔피
발 행 처 ㈜소미미디어
등　　록 제2015-000008호
주　　소 서울시 마포구 토정로222, 502호 (신수동, 한국출판콘텐츠센터)
판매 및 마케팅 (070) 8822-2301

ISBN 979-11-384-4175-9 (04830)
ISBN 979-11-384-3214-6 (세트)